S

Jana Scheerer

# Das Meer in meinem Zimmer

*Roman*

Schöffling & Co.

Die Arbeit an diesem Buch wurde durch Literaturstipendien des Berliner Senats und des Ministeriums für Wissenschaft, Forschung und Kultur des Landes Brandenburg ermöglicht.

Erste Auflage 2020

Satz: Fotosatz Amann, Memmingen
Druck & Bindung: Pustet, Regensburg
ISBN 978-3-89561-352-4

www.schoeffling.de
www.janascheerer.de

# Das Meer in meinem Zimmer

## 1.

Guten Tag, Jolanda Jellerich mein Name, ist mein Vater heute Morgen hier gestorben?

Nein, so kann ich es nicht sagen. Den Wagen anlassen, vorsichtig von der Fähre abfahren, über diese holprige Schwelle zwischen Meer und Land, und noch mal nachdenken. Die Möwen schreien, als wüssten sie die Antwort. Aber sie sprechen zu undeutlich. Ich verstehe kein Wort. Strahlend weiß setzen sie sich vom hellblauen Meereshimmel ab. Als hätte der Fremdenverkehrsverein sie bestellt.

*Besuchen Sie uns bald wieder auf der Insel der Glückseligen,* steht auf dem Schild am Fähranleger.

Guten Tag, mein Vater ist heute Morgen hier auf der Station gestorben, und jetzt soll ich für meine Mutter nachfragen, ob er wirklich tot ist. Sein Name ist Pax Jellerich.

So geht es auch nicht. Sogar der grüne Wunderbaum am Spiegel schüttelt missbilligend die Zweige. Oder aber er zeigt so seine Erschütterung darüber, dass sein Besitzer nicht mehr wiederkommen wird. Armer Wunderbaum, jahrelang hast du angestunken gegen seinen Pfeifenrauch, und jetzt bist du arbeitslos. Obwohl die Mischung aus Wunderbaumgeruch und

Pfeifenrauch dieses Auto wahrscheinlich nie verlassen wird.

Hoffentlich nie verlassen wird.

Habe ich das gesagt? Oder wer? Der Wunderbaum? Da hängt er und dreht sich und tut so, als wäre nichts. Wie wild dreht er sich, immer um die eigene Achse. Und verbreitet dabei seinen widerlichen Wunderbaumgeruch.

*Frühling* steht da unten auf ihm drauf.

Aber gegen den echten Frühling da draußen kommst du nicht an, Wunderbaum. Der Frühling wuchert durch die Windschutzscheibe, er strotzt und protzt rum, mit seinen tiefgrünen Deichen, seinen grellgrünen Bäumen und seinen zartgrünen Gräsern.

Hupen.

Quietschen.

Im Rückspiegel hebt ein Mann die Hand, fährt den Zeigefinger aus, führt die Hand zum Kopf und tippt sich an die Stirn. So als würde er das extra langsam machen, um mir das *Einen-Vogel-zeigen* beizubringen, so als würde ich das zum ersten Mal sehen. Aber da muss ich Sie enttäuschen, mein Herr: In den elf Monaten, seit ich Auto fahren darf, wurden mir so viele Vögel gezeigt wie in den achtzehn Jahren davor zusammen nicht.

Guten Tag, mein Name ist Jolanda Jellerich. Mein Vater ist heute Morgen gestorben und jetzt möchte ich seine Sachen abholen.

Bingo. Genauso werde ich es sagen. Und wenn die Schwester dann antwortet: »Wieso denn gestorben?

Der hängt doch auf Zimmer 342 quicklebendig an seinem Tropf! Oder so lebendig, wie er eben gerade noch ist, Sie wissen ja«, dann kann ich zurück nach Hause fahren und Constanze sagen, dass Pax lebt. Constanze, die auf dem Sofa liegt und es nicht glaubt. Obwohl sie heute Morgen doch selbst den Anruf aus dem Krankenhaus entgegengenommen hat, obwohl sie doch selbst gesagt hat, dass Pax um drei Uhr dreiundzwanzig gestorben ist. Leise und mit fester Stimme hat sie gesprochen, ruhig.

Und dann, eine Viertelstunde später: »Jolanda, ich glaube, ich hab da am Telefon was falsch verstanden. Ich glaube, er ist gar nicht tot. Kannst du anrufen und nachfragen, ob er wirklich gestorben ist?« Aus der Starre aufzuwachen, in die mich die Nachricht versetzt hatte, war schwer. Ich habe meine Schädeldecke angehoben, in meinen Kopf gefasst und mein Gehirn in Constanzes Richtung gedreht. Eigentlich sah sie nicht verrückt aus, nur sehr blass, aber auch sehr ruhig. Und kurz, sehr kurz war da der Gedanke, dass es vielleicht keine komplett verrückte Idee ist, dass sie vielleicht wirklich was falsch verstanden hat, dass ich Pax in seinem Bett finden würde, am Tropf und an Geräten. Am Leben. »Am besten fährst du direkt ins Krankenhaus, Jolanda, das ist am einfachsten.« Constanze sprach wie immer mit der Stimme der Vernunft. »Wenn du gleich losfährst, bekommst du noch die nächste Fähre.«

Ich hätte sagen können: »Aber du hast doch selbst mit dem Krankenhaus telefoniert!« Ich hätte sagen können: »Wie soll ich denn da fragen, ob er wirklich tot ist? Wie stellst du dir das vor, Mama?«

Vor drei Uhr dreiundzwanzig wären das sinnvolle Sätze gewesen.

Ich habe meinen Mantel angezogen, den weißen mit den roten Punkten, den fröhlichsten, den ich besitze, bin ins Auto gestiegen und losgefahren.

Einparken, Motor aus, Schlüssel abziehen.

Aussteigen.

Aussteigen ist schwer. Am besten, ich springe mit einem Ruck hinaus, sodass ich nicht zögern und einfach sitzen bleiben kann. Der Wunderbaum soll mitkommen. Er ist zu groß für meine Manteltasche, die Spitze schaut heraus. Hoffentlich verliere ich ihn nicht unterwegs.

Tür aufreißen, raus, Tür zuschlagen.

Geschafft.

Etwas hält mich zurück.

Mein Mantel steckt in der Tür fest. Komm schon!

Ratsch.

Ich bin frei.

Frei bist du noch lange nicht, sag mir erst, wie alt du bist. Eins, zwei … neunzehn.

Pax ist dreiundfünfzig.

Pax war dreiundfünfzig.

Nein: Pax ist dreiundfünfzig Jahre alt geworden.

Über den Parkplatz, an den Blumenrabatten vorbei und durch die gläserne Drehtür.

Mir kommt nichts, rein gar nichts bekannt vor.

Das richtige Stockwerk, den richtigen Flur, das richtige Zimmer: Das würde ich doch alles im Schlaf finden. Vielleicht bin ich zu wach. Ist das der richtige Gummibaum? Ist das der richtige Getränkeautomat? Nein, aus der Nähe sehen sie genauso fremd aus wie der graue Gummiboden und die roten Türrahmen. Oder genauso bekannt. So bekannt, dass es nichts mehr zu erkennen gibt.

Das kalte Nasse am Rücken ist Schweiß. Hoffentlich sieht man das nicht.

»… helfen?«

Ein grün gekleideter Mann. Grün wie der Gummibaum und der Wunderbaum und der verdammte Frühling. Er schaut mich müde über seinen Mundschutz hinweg an.

… weil mein Schatz ein Jägermeister ist.

»… in Ordnung bei Ihnen?«

… da-ru-hum lieb ich alles, was so grün ist …

Der soll meine Schulter loslassen.

… weil mein Schatz ein …

»… Sie Hilfe?«

Die Hälfte vom dem, was er sagt, bleibt in seinem weißen Mundschutz hängen. Jetzt nimmt er den Mundschutz ab und wirft ihn mitsamt den Wortresten in den Müll.

Schade drum.

Ich muss wohl auch was sagen.

Aber was.

Und wenn ich mir den Mundschutz aus dem Mülleimer fische? Wenn ich ihn auffalte und … *kann-ich-Ihnen-ist-alles-brauchen*?

»Wie bitte? Sind Sie orientiert?«

Der erkennt seine eigenen Wortreste nicht. Den Mundschutz zurück in den Müll. »Ja, total orientiert. Vollkommen orientiert. Orientierter als ich geht gar nicht.«

… grün, grün, grün …

Er lässt meine Schulter nicht los. Seine Armbanduhr tickt in mein Ohr.

Was sagen. Was sagen. Einen Satz, der ihn erlöst.

»Ich brauche keine Hilfe.«

Endlich lässt er los. Endlich geht er weiter. Rennt weiter. Hier rennen immer alle. So, dass ihre Gummischuhe auf dem Gummiboden quietschen. Am Quietschen müssen sie sich messen lassen. Wer nicht quietscht, ist zu langsam.

Ich muss mich setzen, nur einen Moment. Da zwischen Gummibaum und Getränkeautomat: ein Plastikstuhl. Schmutzig weiß. Wie auf der Terrasse vor dem Eiscafé Winter. Dort waren wir an dem Tag, als Pax das erste Mal mit seiner weichen Babyglatze aus dem Krankenhaus gekommen ist. Obwohl ich schon so oft auf den weißen Stühlen vor dem Eiscafé gesessen hatte, schien es mir damals, als stünden da plötzlich die Plastikstühle aus dem Krankenhaus. Natürlich war das nicht so. Aber die weißen Plastikstühle hatten für uns ihre Unschuld verloren. Oder für mich. Ich weiß nicht, was die anderen damals gedacht haben. Wir diskutierten die Eiskarte, als hinge unser Leben davon ab. Pax hat schließlich eine Eisschokolade bestellt und dazu ein Spaghettieis. Und als Nachtisch eine Kugel Waldmeister.

... grün, grün, grün ...

Der Automat brummt mir warme Luft ins Gesicht.

... alle meine ...

Er pustet mir das verdammte Lied aus dem Kopf. Danke, lieber Automat. Gefällt dir das, wenn ich deine Metallhaut streichele? Sie vibriert unter meiner Handfläche.

»Hallo, Jolanda!«

Die Rollstuhl- und Rollatorkolonne. Auf dem Weg zur Dachterrasse.

»Hallo, Jolanda, guten Morgen!«

Wie heißt der mit dem blauen Bademantel und den Adiletten, der da winkt? In dem Beutel an seinem Gestell ist Kochsalzlösung. Ich mag die Leute mit den Kochsalzlösungsbeuteln. Das ist so viel appetitlicher als Blutplasma.

Die Hand von der Automatenhaut lösen.

Und winken.

Und winken.

Und winken!

O nein, er kommt zu mir. Das Gestell mit dem Tropfbeutel schiebt er vor sich her wie ein ausgelagertes Körperteil. Er lächelt. »Sehen wir uns gleich? Kommt ihr hoch? Oder habt ihr wieder Porträtsession? Bin ich heute endlich mal dran? Hast du deinen Block gar nicht dabei?«

So viele Fragen.

An seiner Bademanteltasche zeichnen sich die Umrisse einer Zigarettenschachtel ab. Die geht genau da rein. Als würden Bademanteltaschen extra passend für Zigarettenschachteln produziert. Oder umgekehrt.

»Na, wir gehen jetzt jedenfalls hoch, Lungenbrötchen frühstücken!«

Mit der Hand, aus der keine Kanüle ragt, klopft er auf die Bademanteltasche.

Er hat recht, ich wollte das immer mal zeichnen: Wie sie alle auf der Dachterrasse rauchen, in Jogginghosen und Bademänteln. Wie sie sich Feuer geben, wie sie abaschen, inhalieren, Rauchringe blasen, Kippen ausdrücken. Die wenigen Handlungen, die ihnen aus der Nicht-Krankenhaus-Welt geblieben sind, die draußen genauso vollzogen werden wie hier drin. Die Raucher zelebrieren diese Gesten, sie dehnen sie aus, sie dienen sich gegenseitig als Zeugen für die Alltäglichkeit ihrer Bewegungen. Von der Dachterrasse sieht man das

Wattenmeer, aber die Raucher wenden ihm immer den Rücken zu.

Der Kochsalzlösungsmann geht weiter und winkt. Er muss sich beeilen. Er verliert den Anschluss an die Rollatorkolonne. Sie sammelt sich schon im Fahrstuhl.

Nur Pax hat die Raucher manchmal dazu bekommen, sich zur Seeseite zu drehen. Wenn er mit seiner Pfeife auf das Meer gezeigt hat. Oft war da gar kein Meer zu sehen, sondern nur eine schwarze Schlickwüste. »Da draußen im Sand liegt das Wrack der Jolande. Bald kommt es hoch. Bald! Und ich werde es finden.« Der Pfeifenrauch ist hinausgezogen, als ob er den Blicken den Weg weisen wollte. Die Raucher haben Pax nicht für verrückt gehalten. Ich konnte sehen, wie seine Begeisterung auf sie übersprang. Es hätte mich nicht gewundert, wenn die Rollatorkolonne eines Tages nicht auf die Dachterrasse gezogen wäre, sondern ins Watt, angeführt von Pax, einem Rattenfänger, der statt einer Flöte eine Pfeife im Mund hat.

Aber ins Watt ist er am Ende dann alleine gegangen.

Der Kochsalzlösungsmann hebt sein Gestell mit dem Tropf über die Schwelle in den Fahrstuhl.

»Nein, wir kommen heute nicht, mein Vater ist um drei Uhr dreiundzwanzig gestorben!«

Ich sollte nicht so schreien.

Der Mann hört mich nicht mehr. Die Türen schließen sich.

Ich werde jetzt zurück nach Hause fahren und einfach behaupten, dass ich gefragt habe und dass Pax wirklich tot ist. Das hätte ich von vornherein machen sollen, keine Ahnung, warum ich überhaupt hierhergefahren bin. Irgendwie muss mir entgangen sein, dass Constanze vorübergehend durchgedreht ist. Hoffentlich vorübergehend.

Der Automat vibriert noch stärker, dann rumpelt es. Eine Frau holt eine grüne Flasche aus dem Ausgabefach.

Bluna.

Bluna gibt es nur in dem Automaten ein Stockwerk unter der Station, auf der Pax liegt. Da bin ich ganz sicher, schließlich habe ich ihm bei jedem Besuch eine Flasche Bluna mitgebracht. Obwohl ich gar nicht weiß, ob er Bluna besonders mag. Aber ich wollte, dass er lacht und sagt: Sind wir nicht alle ein bisschen Bluna?

Der Automat ist frei.

Plopp.

Der Plastikstuhl hat sich dann doch noch von meinem Hintern trennen können, danke, lieber Plastikstuhl, für dein Verständnis. Bluna ist die Null Fünf. Für zwei Euro bekommt man erst ein Rumpeln und dann eine grüne Flasche.

Das Rumpeln des Automaten mit dem Klang einer Münze bezahlen: Das ist etwas, das Pax sagen würde.

Und wenn Constanze recht hat? Wenn es doch ein Missverständnis war mit dem Sterben?

Also jetzt treppauf.

Es fühlt sich nur so an, als würde man keine Luft bekommen.

Die rote Drei. Das ist sein Stockwerk.

Und sein Flur: 3.4.

Und sein Zimmer: 3.4.2.

Und sein Bett: 3.4.2.1.

Die Tür ist zu. Meine linke Hand hält in der Manteltasche den Wunderbaum fest, meine rechte Hand hält die Bluna. Um zu klopfen, muss eine Hand loslassen. Nur welche?

Die Tür geht auf.

»Frau Jellerich, hallo!«

Die Schwester zieht die Tür schnell wieder hinter sich zu und stellt sich davor. Wie ein Kind, das da drin was ausgefressen hat. Sie legt ihre Hand auf meine Schulter, sehr sanft. So sanft, dass ich die Berührung nur spüren kann, weil ich weiß, dass ihre Hand da liegt. So sanft, als könnte man meiner Schulter nicht trauen. Als wäre sie nicht solide genug, um eine Hand darauf abzulegen.

»Guten Tag, mein Name ist Jolanda Jellerich. Mein Vater …«

Ist etwas zu hören? Bewegen sich meine Lippen? Die Krankenschwester nickt und verschwindet in den Glaskasten, in dem man sich anmelden muss, wenn man jemanden besuchen will. Vielleicht geht das Rauschen in den Ohren weg, wenn ich die Backen aufblase und meine Trommelfelle unter Druck setze.

Sie kommt wieder heraus, mit Pax' kleinem karierten Rollkoffer.

»Das haben wir noch für Sie.«

Wohin jetzt mit der Luft? Nach innen. Nach innen ablassen. Und schlucken.

Schlucken ist schwer.

Den Koffer stellt sie vor meine Füße. Ihre rechte Hand hält sie flach ausgestreckt, so als würde sie ein Tablett darauf balancieren. Aber da ist kein Tablett. Da ist: rechts und links ein schief gebogener schwarzer Bügel, zwei verschmierte dicke Gläser, ein silberfarbener Steg, grüner Belag an den Stellen, an denen die Brille auf Pax' Nase gesessen hat.

Sie schiebt mir ihre Hand noch weiter entgegen.

Nicht zurückweichen.

Mit ihrer freien Hand zeigt sie auf die Brille. Als würde sie mir seine Nase hinhalten oder eines seiner Ohren oder einen Augapfel, zur Erinnerung – und dann: mein herzliches Beileid. Auf Wiedersehen.

Beileid ist unnötig.

Vielleicht habe ich das gesagt.

»Wollen Sie ihn noch mal sehen?«

Was denn jetzt: Auf Wiedersehen oder noch mal sehen?

»Wir haben ihn schon zum Abschiednehmen hergerichtet und ins Abschiedszimmer verlegt. Sein Bettnachbar ist präfinal.« Sie zeigt auf die Zimmertür.

Präfinal.

»Ist mein Vater postfinal?«

»Leider, ja. Ex um drei Uhr dreiundzwanzig.«

Die Bluna auf den Boden, die Brille in die Hand.

Vorsichtig, den Steg zwischen Daumen und Zeigefinger. Einer der Bügel klappt aus.

»Wenn Sie Abschied nehmen wollen, führe ich Sie zu ihm.«

Ich habe Pax versprochen, ihn noch einmal zu zeichnen, wenn er gestorben ist.

In der Manteltasche quetscht meine linke Hand den Wunderbaum. Die Verkrampfung lösen, Finger für Finger.

Den Griff des Koffers fassen.

Und rennen.

# 2.

Der Tag, an dem wir erfahren haben, dass Pax Leukämie hat: Lillis Einschulung. Obwohl es eine Grundschule auf der Insel gab, hatte Constanze sie auf dem Festland angemeldet. Wegen des reformpädagogischen Ansatzes der Schule dort.

»Heute beginnt der Ernst des Lebens«, sagte bei der Einschulungsfeier der Schuldirektor. Alle Eltern lachten. Und alle Großeltern, Tanten und Onkel ebenfalls. Wir lachten auch, obwohl es mir im Nachhinein so vorkommt, als hätte der Direktor nur zu uns gesprochen: »Heute beginnt der Ernst des Lebens.« Aber das wussten wir in diesem Moment noch nicht. Lilli hatte einen Platz in unserer Reihe am Rand. Weil sie ihren Ranzen nicht abnehmen wollte, saß sie ganz vorne auf der Stuhlkante. Die Hände hatte sie auf den Knien abgelegt, die Fußspitzen berührten den Boden. Sie saß da, als wäre der Stuhl ein Startblock. Aber sie rannte nicht los, als der Direktor schließlich »Lilli Jellerich« sagte, sondern ging langsam nach vorne und nahm ihre Schultüte entgegen, als wäre sie ein Universitätsdiplom. Dann stand Lilli mit den anderen Erstklässlern auf der Bühne. Alle hielten ihre bunt bemalten Papierschultüten fest. Die Tüten hatten die dritten Klassen gebastelt und sie mit Äpfeln, Nüssen und je zwei Buntstiften aus unbehandeltem Holz gefüllt. Das wusste ich aus dem Brief, den wir ein paar Wochen vorher von der Schule bekommen hatten und der seitdem bei uns am Kühlschrank hing. *Bitte kaufen Sie keine individuellen Schultüten* stand darin, *denn wir versuchen, die soziale Heterogenität unserer SchülerInnenschaft in der Schule nicht sichtbar werden zu lassen. Für eine fröhliche Gestaltung und gesunde Füllung der Schultüte wird gesorgt.*

Als Lilli schließlich mit ihrer Klasse von der Bühne und aus der Aula ging, sah ich, wie Constanze Tränen in die Augen stiegen. Pax nahm ihre Hand und Constanze ließ es zu. Dieses Bild, wie meine Eltern sich an den Händen hielten, habe ich später oft versucht zu zeichnen. Leider habe ich es nie richtig hinbekommen. Immer geriet mir Pax zu groß.

Wir holten Lilli in ihrer Klasse ab. Die Tische waren zu einem Hufeisen gestellt, an den Fenstern hingen bunte Girlanden. Am liebsten hätte ich mich sofort auf einen der kleinen Stühle gesetzt und das ABC gelernt. Obwohl ich es besser wusste, kam es mir in diesem Moment so vor, als würden kleine Möbel auch kleine Sorgen bedeuten.

Lilli kam zu uns. Sie hatte ein weißes Pappschild dabei, auf dem zwischen den blassen Umrissen von Luftballons und Blumen in Großbuchstaben LILLI stand.

»Schaut mal, mein Namensschild!«

Pax strich Lilli über den Kopf. »Das ist aber ein schönes Schild!«

Lilli nickte. »Bloß den Nachnamen haben sie blöderweise vergessen, den müssen wir gleich noch dazuschreiben.«

Lillis Lehrerin stellte sich zu uns und legte ihr eine Hand auf den Kopf. »Das haben wir nicht vergessen, das ist ganz richtig so, wir sagen hier ja schließlich *Lilli* zu dir und nicht *Frau Jellerich*, oder?«

Ich wartete darauf, dass Lilli so etwas antworten würde wie »ich würde eigentlich *Frau Jellerich* bevorzugen«, aber da redete die Lehrerin schon weiter. »Die anderen Kinder haben ihre Schilder bunt ausgemalt. Lilli meinte, das wäre *Kinderkram.*«

»Da hat sie recht«, sagte Pax, »die Form frei zu finden, schult das Auge. Nur so kann man den Zusammenhang zwischen Sehen und Zeichnen wirklich begreifen.«

»Ich muss mich mal setzen«, murmelte Constanze und hockte sich auf einen der winzigen Stühle – gerade rechtzeitig, um unter dem gelächelten Seufzen der Lehrerin wegzutauchen, das so nur Pax und mich traf. Ich bewunderte, was die Lehrerin in der Lage war, mit nur einem Lächeln und einem Seufzen auszudrücken, nämlich dass Pax zu der Sorte zugleich leistungsmäßig überambitionierter und pädagogisch unterbelichteter Erziehungsberechtigter gehörte, die leider unbelehrbar war.

»Auf Wiedersehen«, sagte die Lehrerin.

Vor der Schule liefen die Kinder zu den Autos ihrer Eltern und stellten sich an die Kofferräume. Während ich noch überlegte, um welches reformpädagogische Ritual es sich dabei handeln könnte, kamen die Eltern an den Autos an, öffneten die Kofferräume und holten riesige bunt glänzende Schultüten heraus, die sie ihren Kindern reichten. Die Kinder gaben ihnen dafür ihre umwelt- und sozialverträglichen Papierschultüten, die in den Kofferräumen verstaut wurden. Einen Moment später fanden wir uns in einer Horde wieder, die sich gegenseitig »Smarties, Snickers« und »Mario Brothers!« zurief. Lilli stand still in dem Gewühl und umklammerte ihre Papiertüte.

»Snickers?«, fragte ein Junge und hielt ihr seine grün glitzernde Schultüte hin.

Lilli sah ihn wütend an. »Das ist verboten!«, sagte sie, »wegen der sozialen Hetogät.«

Der Junge zeigte ihr einen Vogel.

Pax strich Lilli über den Kopf. »Sei nicht traurig, wir kaufen dir gleich die größte und glänzendste Schultüte, die es gibt, mit extra vielen Süßigkeiten drin.«

Lilli zog ihren Kopf unter seiner Hand weg. »Das ist verboten! Verboten!« Sie haute mit ihrer Papierschultüte auf Pax' Beine ein.

Er sackte zusammen.

Das Wort *Leukämie* fiel nur ein einziges Mal: Als Constanze nach Stunden aus der Notaufnahme kam, in die Pax mit dem Krankenwagen gebracht worden war. »Eine Form von Blutkrebs, vermutlich Leukämie«, sagte sie.

Lilli hielt ihre Schultüte fest. Tränen liefen über ihre

Wangen und tropften auf das Papier, wo sie die aufgemalten Blumen und Schmetterlinge in gelbe und rote Flecken auflösten.

## 3.

*Pension Jolande* steht groß in Pax' geschwungenem Grün an unserem Haus. Und ich wünschte, ich wäre eine Urlauberin, ich wünschte ich könnte klingeln, einchecken und in einem der Fremdenzimmer die Tür hinter mir zuziehen.

Aber ich habe einen Hausschlüssel.

Es ist nicht zu leugnen: Ich wohne hier.

Also aufschließen. Obwohl wir nie einen einzigen Urlauber zu Gast hatten, riecht es im Erdgeschoss noch immer nach Pension. Der Geruch ist schön. An der Rezeption verstauben die Schlüssel und die alte Schreibmaschine. Ich sollte das alles mal wieder polieren.

Aber nicht jetzt.

Jetzt muss ich die Treppe nach oben steigen, durch die Bücherstapel links und rechts. Mit jedem Schritt wird der Pensionsduft schwächer. Auf der letzten Stufe riecht es nach Medikamenten, Pfeifenrauch, Farbe und altem Papier.

Ich bin da.

Die Wohnzimmertür quietscht und knarzt.

Im Türrahmen steht Constanze, einen Wollschal um den Hals, die Haare zu einem wirren Knoten gebunden. Sie sieht noch schmaler aus als sonst, ihre Augen noch dunkler als heute Morgen. Sie zittert. Sie schaut auf meine Füße.

Durch die Scheibe des Fensters hinter ihr winken mir die Bagger zu, die vor dem Haus den Deich erhöhen.

Sodass wir vor dem Meer geschützt sind.

Sodass wir das Meer nicht mehr sehen können.

Heute gefällt mir ihr Dröhnen. Es ist ein Gruß aus einer Welt, in der man Pläne macht, Aufträge erteilt, Anträge stellt und auf die Mittagspause wartet.

»Und?«, sagt Constanze leise.

Die Brille halte ich ihr genauso hin, wie die Krankenschwester sie mir präsentiert hat: Auf der flachen, ausgestreckten Hand.

»Es stimmt also?«

Nein, Pax schickt dir seine Brille als Lebenszeichen.

»Jolanda?«

»Ja, Mama, du siehst es doch!«

Constanze weicht zurück vor der Brille, ich trete auf Constanze zu, ich treibe sie mit der Brille ins Wohnzimmer hinein. Constanze geht rückwärts, Schritt für Schritt, dann klappt sie auf dem Sofa zusammen. Als hätte ihr jemand in die Kniekehlen geschlagen.

Klappsofa.

»Neiiiiiin!« Sie rollt sich ein wie ein kleines Kind.

Ich knete in meiner Hosentasche einen zerknüllten Zettel. Vielleicht sollte ich ihn rausholen. Vielleicht steht darauf, was ich jetzt tun müsste, in alphabetischer Reihenfolge:

– Arme um die Mutter legen
– hin und her wiegen
– leise mit ihr reden
– Sachen sagen wie: Ist halb so schlimm, morgen sieht alles schon wieder ganz anders aus.

Nur stimmt das nicht. Es ist genauso, wie es aussieht, und morgen wird Pax genauso tot sein wie heute.

Tot.

Verstorben, verschieden, von uns gegangen.

Das, was ich Constanze zum Trost sagen könnte, steht nicht auf dem Zettel. Dass es gut ist, dass er gestorben ist. Dass er uns ein Leben lang terrorisiert hat mit seinen Verrücktheiten, seiner Lethargie und seinen Wutanfällen. Dass wir zum Schluss nicht mehr wussten, wie wir seine Pflege bewältigen sollten. Dass wir jetzt frei sind.

Wer auch immer solche beschissenen Zettel schreibt, weiß nichts, gar nichts.

Constanze heult.

Die Bagger heben ihre Köpfe über den Deich und blinzeln in unser Wohnzimmer.

Lilli ist da.

Sie schaut unsere weinende Mutter an. Ich wünschte, ich könnte Lilli unauffällig den zerknüllten Zettel reichen, dann würde sie die zwei Schritte zu Constanze hin machen, sie in den Arm nehmen und die Dinge sagen, die man jetzt sagen müsste. Lilli ist oft viel mutiger als ich, obwohl sie zehn Jahre jünger ist. Oder *weil* sie zehn Jahre jünger ist. Lilli wippt auf den Fußspitzen und sieht aus den Augenwinkeln zu mir herüber. Sie will den Zettel nicht.

Die Bagger stecken die Köpfe hinterm Deich zusammen und tuscheln.

Ohne dass man das in der Schule lernt oder von seiner Oma gesagt oder von seinen Eltern beigebracht bekommt, wissen Lilli und ich, dass es pro Familie nur einen zu vergebenden Ausrastplatz gibt. Wäre ich schneller gewesen mit dem Sprung auf das Sofa, es könnte vielleicht umgekehrt sein: Ich würde auf dem Sofa heulen, und die anderen beiden würden hier stehen und mir hilflos zuschauen. Wobei Constanze vermutlich nicht hilflos wäre. Sie hat jahrelange Erfahrung darin, mich zu trösten, auch wenn ich ihr nicht immer verraten habe, warum ich getröstet werden musste. Oft habe ich mich unter irgendeinem Vorwand von ihr in den Arm nehmen lassen. Und das hat immer funktioniert. Der Trost war wie ein Pflaster, das schließlich auch nicht wissen muss, was für eine Wunde es verschließt.

Natürlich habe ich Constanze auch manchmal getröstet, als Pax seine Arbeit verloren hat zum Beispiel oder als er sie betrogen hat. Aber um Constanze heute zu trösten, bräuchte es jemanden aus einer höheren Trostinstanz – oder zumindest aus einer Trostinstanz auf ihrer Ebene. Irgendeine Freundin, Schwester, Nachbarin oder was auch immer.

Das Telefon klingelt. Das müssen sie sein, die Freundinnen-Schwestern-Nachbarinnnen-Pastoren-Sozialarbeiterinnen-Kolleginnen-Schwägerinnen!

Lilli rennt auch los, aber ich bin schneller.

»Jolanda Jellerich.«

»Ist Pax Jellerich zu sprechen? Ich möchte ihm ein Angebot unterbreiten, dauert fünf Minuten maximal.«

Maximal.

Maximal postfinal.

»Das ist nicht mehr nötig.«

»Wenn schon ein Vertrag besteht, ist das kein Problem. Wir unterstützen ihn gerne bei einem Vertragswechsel.«

Vertragswechsel.

Abschiedszimmer.

Präfinal.

Postfinal.

»Mein Vater ist heute Morgen gestorben. Ex um drei Uhr dreiundzwanzig.«

Der Mann schweigt.

»Haben Sie verstanden?«

Der Mann schweigt.

»Er ist verstorben, verschieden, von uns gegangen, entschlummert, entschlafen und dahingefahren! Er wurde aus unserer Mitte gerissen! Er hat den Geist aufgegeben, die Augen geschlossen, seinen letzten Schnaufer getan und ins Gras gebissen! Er ist eingeschlafen, abgetreten, hopsgegangen und schaut sich demnächst die Radieschen von unten an! Verstanden?«

Tuten.

Constanze und Lilli sehen mich an. Ich feuere das Telefon in die Ecke.

»Verstanden?«

Lilli nickt.

Constanze heult.

Die Bagger schauen über den Deich und lassen dabei, um ihre Neugierde zu kaschieren, eine Schaufel Erde fallen.

Constanze zittert. »Verstorben, verschieden, von uns gegangen ... wie kommst du denn auf so was, Jolanda?«

Ja, wie komme ich darauf? Wie sind diese Worte in meinen Kopf gelangt, wo sie bis heute auf ihren Auftritt gelauert haben? »Das ... das ist aus einem Sketch. Den habe ich früher mal mit Pax angeschaut. Wir fanden das lustig.«

Das Telefon liegt in der Ecke und tutet leise vor sich hin. Ich schaffe es, mich zu Constanze aufs Sofa zu setzen, wenn auch in einiger Entfernung. Lilli hockt sich zu ihren Füßen und umarmt Constanzes Beine.

Constanze hört auf zu weinen. »Jolanda? Wir sind doch nicht schuld, oder?«

»Wieso schuld?«

»Aber wir sind doch nicht schuld, oder?«

»Woran sollen wir denn schuld sein?«

»Wir sind doch nicht schuld, oder?«

»Nein, wir sind nicht schuld. Auf keinen Fall.«

»Okay.«

Die Bagger dröhnen.

»Jolanda?«

»Ja?«

»Meinst du, wir sind schuld?«

»Mama!«

»Ja?«

Sie schaut mich an, als würde ich ihr gleich etwas sagen, was alles gut macht, was alles aufklärt und repariert. Ich suche mein Gehirn verzweifelt nach so einem Satz ab, aber da ist nichts.

Sie fängt wieder an zu weinen, sie ahnt wohl, dass ich ihr den Satz nicht liefern werde. Lilli schmiegt sich enger an ihre Beine. Wir brauchen Hilfe. Man muss jemanden anrufen. Aber wen? Wen kennen wir so gut? Wem kann ich uns in diesem Zustand zumuten? Verwandten. In so einem Fall ruft man Verwandte an. Auch wenn man sonst nicht mehr viel mit ihnen zu tun hat.

»Soll ich Onkel Jesper anrufen?«

Constanze sagt nichts.

Das Telefon in der Ecke tutet gleichmäßig.

»Ich rufe jetzt Onkel Jesper an, okay?«

Keine Antwort. Gut. Also vom Sofa aufstehen, in die Ecke gehen und das Telefon aufheben. Ist die Nummer im Verzeichnis? In meinen Ohren dröhnt mein Herzschlag im Rhythmus des Telefons. Wenn jetzt bloß das Rauschen nicht wiederkommt.

»Jellerich!«

Es ist Tante Ulla, die ihren Nachnamen immer so laut und deutlich verkündet, als müsste sie ihn gegen den Anrufer verteidigen.

»Hallo, hier ist Jolanda.« Und jetzt schnell, damit es auf jeden Fall herauskommt: »Meinvateristheutemorgengestorben.«

»Oh. Oh. Das tut mir leid. Das tut mir sehr leid. Jesper schläft noch. Aber ich richte ihm aus, dass du angerufen hast, in Ordnung?«

»Ja, danke, aber …« Aber was? Aber könnte der Tod seines Bruders nicht vielleicht einen Grund darstellen, Onkel Jesper zu wecken?

»Halt die Ohren steif, Jolanda, ich bin in Gedanken bei euch!«

Aber wir brauchen dich nicht in Gedanken, wir brauchen dich in Person!

»Fühlt euch umarmt!«

Wir wollen uns nicht umarmt *fühlen*, wir wollen umarmt *werden*! Stopp! Stoooopp!

Wieder Tuten.

»Kommen sie?«, fragt Lilli leise.

»Onkel Jesper schläft.«

Constanze nickt. Sie sieht erleichtert aus.

»Jolanda?«

»Ja?«

»Wir sind doch nicht schuld, oder?«

Die Schlaftabletten sind im einzigen Badezimmerschrank, der nicht mit Büchern und Landkarten vollgestopft ist. Die Vorbesitzer haben das gesamte Bad einmal rundherum mit hölzernen Hängeschränken verbaut und sicherlich Handtücher und Duschgel und Massageöl darin aufbewahrt. So hätten wir die Schränke auch zustopfen sollen, zur Not mit extra dafür gekauften Handtüchern. Es war doch eigentlich klar: In Pax'

Radius zog jedes Platzvakuum, auch wenn es sich im Badezimmer befand, früher oder später zwangsläufig Papier an. Geschichten der spanischen Seefahrt, schiffsarchäologische Werke, alte Schiffsregister, aktuelle und historische Karten der Nordsee. All das sollte Pax helfen, das Wrack der Jolande im Watt zu finden.

Wegen der Bücher und Karten durften wir nicht baden. Zu viel Wasserdampf hätte ihnen geschadet. Daneben liegen Kohlen in den Schränken, zum Absorbieren der Feuchtigkeit. Ein Trick von dem Antiquar, der Pax die ganzen alten Schinken angedreht hat. Zum Schluss hat Pax die Bücher kistenweise angeschleppt, wenn er schleppen konnte, jedenfalls. Die Bücherberge waren ein zweideutiges Zeichen, einerseits zeigten sie: Es geht Pax so gut, dass er ins Antiquariat fahren kann. Andererseits sagten sie: Er ist so verrückt, dass er kistenweise Bücher und Landkarten kauft, die er niemals anschauen können wird. Die er oft noch nicht einmal auspackte. Das Treppenhaus, der Flur, zwei der drei Fremdenzimmer: Alles ist vollgestellt mit Bücherstapeln und Bananenkisten voller Papier. Wenn ich die Verbücherung unseres Hauses in einer Grafik darstellen sollte, würde ich zwei Kurven malen: Eine rote, die Pax' Bluttransfusionen abbildet, und eine braune für die Anzahl der gekauften Bücher. Dann könnte man gut sehen, dass die Verbücherung des Hauses parallel zum Verlauf seiner Krankheit voranschritt: Wenn es ihm nach einer Bluttransfusion für ein paar Tage besser ging, rollte eine neue Bücherwelle an. Wenn sein Körper das Blut verbraucht hatte, kam die Verbücherung kurz zum Stillstand. Mit jeder neuen Bluttransfusion stieg auch die Bücherkurve an. Dann haben sie ihm im Krankenhaus keine Blutkonserven mehr gegeben.

Die beiden Kurven bleiben als lose Enden über der X-Achse hängen.

Drei Becher heißes Wasser, drei Beutel Yogi-Tee, zwei Schlaftabletten. Baldrian für Lilli. Das ist unser Cocktail für heute Mittag. Ich serviere ihn auf meinem alten Tablett mit den weichgezeichneten Katzenbabys drauf.

Constanze sitzt im Wohnzimmer auf dem Boden, um sie herum ein Nest aus Papieren. Lilli daneben: ein kleiner Vogel, aus dem Nest gefallen. Oder nie im Nest gewesen.

»Wir müssen uns dann ab morgen um alles kümmern. Amt, Beerdigung und so weiter.«

»Ich hab Tee gemacht.«

Lilli bekommt den Becher mit den rosafarbenen Blümchen, Constanze den weiß-blauen, auf dem in Schreibschrift *Mutti* steht. Sie trinkt nicht, stellt ihren Becher auf dem Boden ab, fährt mit der Hand durch die Papiere und macht aus dem Nest einen Laubhaufen. »Ich kann seine Geburtsurkunde nicht finden. Die brauchen wir doch, um die Sterbeurkunde ausstellen zu lassen. Die glauben uns doch sonst gar nicht.« Constanze wühlt immer wilder in den Papieren, es raschelt und knistert. »Wo ist die denn bloß? So ein Chaos, euer Vater kümmert sich nie um irgendwas, und jetzt muss ich ihm auch noch seine Sterbeurkunde besorgen! Wo ist die verdammte Geburtsurkunde?«

Ich bekomme ein schweres cremefarbenes Papier zu fassen. Pax' Abiturzeugnis. Darunter: Pax' Impfpass, Pax' alter Führerschein, Pax' Freischwimmerausweis, Pax' Meldebestätigung. Unglaublich, dass es all diesen Dokumenten nicht gelungen ist, Pax im Leben zu halten.

Constanze spricht so leise, dass ihre Stimme fast im Papiergeraschel untergeht. »Ich mache mir die ganze Zeit Gedanken, ob wir nicht doch schuld sind. Wir waren nicht da …«

Am liebsten würde ich ihr den Hals umdrehen.

Habe ich das wirklich eben gedacht?

»… und daran sind wir schuld, oder?«

Halsumdrehen.

Ich erwürge Constanze. Ich umfasse mit beiden Händen ihren Hals und drücke zu.

»Aber wir konnten doch nicht kommen, wir sind doch nicht schuld, oder?«

Ich werde das Bild nicht mehr los, es ist furchtbar, ich will meiner Mutter den Hals umdrehen. Den Kopf schütteln, so stark ich kann, aber das Bild geht nicht weg.

»Trinkt doch mal euren Tee, verdammt noch mal!«

Constanze und Lilli schauen mich überrascht an. Dann nippen sie brav an ihren Teebechern.

Merken sie was? Den Yogi-Tee trinke sonst nur ich, sie wissen also gar nicht, wie er ohne Schlaftablette und Baldrian schmeckt. Hoffentlich.

Sie trinken.

Gut. Besser, ich trinke etwas langsamer, damit ich sie noch ins Bett bringen kann. Wie lange dauert es, bis die Tabletten wirken?

Constanze fährt weiter mit der Hand durch die Papiere und murmelt dabei vor sich hin: »Wokannsienurseindaskanndochnichtseindiemussdochhiersein.« An Pax' Abiturzeugnis klebt ein zusammengefaltetes grünes Blatt. Eine alte Maschinenschrift.

Hallo Pax! Ich bin es: Schlickmergel. Ich wollte dir nur Bescheid sagen, dass ich gar keinen Sturm habe. Du brauchst also nicht mehr zu mir ins Watt kommen. Lass mich besser in Ruhe. Ach ja, und das Wrack der Jolande kommt auch nie wieder hoch. Glaub mir, ich weiß das, ich bin schließlich der Wattgeist.

Mit freundlichen Grüßen
Schlickmergel

Das habe ich damals geschrieben, auf der alten Schreibmaschine an der Rezeption. Mit elf Jahren. Mit zwei Fingern. Obwohl ich sehr langsam tippte, haben sich immer wieder die Hebel verhakt und ich musste sie vorsichtig entwirren. Als ich fertig war, versteckte ich mich hinter dem Empfangstresen und horchte auf das ratschende Geräusch, das entsteht, wenn ein Bogen

Papier aus der Maschine gezogen wird. Ich wartete lange. Dann hörte ich Pax' Schritte auf den alten Dielen und sah unter dem Tresen hindurch seine Füße. Sie steckten in den dicken grauen Wollsocken, die er immer trug, um ins Watt zu gehen. Pax stand ganz still und atmete leise. Mein Herz raste. Ich hatte Angst, er könnte erraten, dass der Brief von mir war, dass er sich von mir betrogen fühlen würde. Oder würde er wirklich glauben, dass der Wattgeist ihm geschrieben hatte? Würde er seine Suche nach der Jolande aufgeben?

Pax' Zehen krümmten sich zusammen.

Er drehte langsam den Bogen aus der Maschine, so dass es kein ratschendes Geräusch gab.

Pax ging weiter ins Watt und suchte weiter nach der Jolande.

»Sollen wir uns ein bisschen hinlegen?«, fragt Constanze.

Aha, es geht los.

Wir legen uns ins Ehebett, in dem zuletzt Pax alleine geschlafen hat, wenn er zu Hause war. Es ist dunkel im Schlafzimmer; die Rollläden halten auch den dünnsten Sonnenstrahl ab. Das Dröhnen der Bagger dringt gedämpft zu uns hindurch. Als würden sie über uns flüstern. Ich bin eingequetscht in der Besucherritze zwischen Lilli und Constanze. Es ist eng, schwitzig und kalt gleichzeitig. Die Satinbettwäsche klebt an meiner Haut. Ich ekele mich vor dem Bett, obwohl ich es selbst frisch bezogen habe, vor drei Tagen, als der Krankenwagen mit Pax weg war. Aber auch frisch bezogen bleibt es das Krankenbett. Hier hat Pax reingeblutet, reingeeitert und reingeweint. Wobei ich nicht weiß, ob er geweint hat. Seit er *die Krankheit* hatte, habe ich ihn kein einziges Mal weinen sehen. Am schlimmsten war immer der Geruch, der auch jetzt im Zimmer hängt: säuerlich und scharf. Das Säuerliche kam von Pax, das Scharfe von den Medikamenten, die sich auf dem Nachttisch stapeln.

Weder Lilli noch Constanze schlafen, das höre ich an ihren unregelmäßigen Atemzügen. Aber sie liegen ganz still, als würden sie so wie ich versuchen, möglichst wenig von diesem Bett zu berühren. Oder aber sie liegen so starr, weil auch sie Angst davor haben, dass mit den Muskeln die Gedanken locker werden und loswandern könnten. Und was kommt dann? Ich stelle mir vor, in einer winzigen Schachtel in meinem Kopf zu sein. Keine Tablettenschachtel. Eine Schachtel, die ich selbst aus kariertem Papier gebastelt habe, aus einer Doppelseite, vorsichtig aus der Mitte eines Schulhefts herausgetrennt. In der Schachtel ist nichts außer mir. Solange ich da drin bleibe, ist alles gut.

## 4.

Etwas hat mich gestreift, an der Hand. Ich ziehe sie weg, so schnell ich kann. Das war Pax. Er ist aus dem Bett gefallen und tastet jetzt von unten nach mir. Jolanda, höre ich ihn leise rufen, Jolanda!

Papa ruft dich, sagt Lilli.

Ich nicke und steige aus dem Bett. Mit dem Fuß komme ich an etwas Weiches. Es stöhnt.

Pax?

Ich bin aus dem Bett gefallen. Lustig, oder?

Ich steige über ihn und mache die Nachttischlampe an. Pax liegt auf dem Boden neben dem Bett. Sein Schlafanzugsoberteil ist nach oben gerutscht, ich sehe den dunklen Flaum auf seiner weißen aufgeschwemmten Haut und die roten Verkrustungen. Er lacht leise. Ist das nicht lustig, Jolanda, dass ich einfach so aus dem Bett falle? Wie in einer Slapstickkomödie!

Soll ich dir hochhelfen?

Er nickt.

Ich beuge mich über ihn, er fasst meine Arme. Ich ziehe. Nichts passiert. Ich ziehe stärker.

Er wimmert.

Ich lasse los, er schiebt seinen Schlafanzugärmel hoch. Sein Arm ist grün und blau.

Entschuldige.

Er schüttelt den Kopf. Ich traue mich nicht, ihn noch mal an den Armen anzufassen. Also beuge ich mich über ihn und schiebe meine Hände zwischen ihn und den Boden. Als ich seine Haut fühle, wird mir schlecht. Sie fasst sich an wie Hefeteig, so weich und brüchig, eigentlich fühlt sie sich genauso an, wie der säuerliche Geruch es erwarten lässt. Ich schlucke und ziehe. Seine Haut weicht unter meinen Händen zurück, für einen Moment habe ich Angst, dass meine Hände einfach auf seiner Vorderseite wieder herauskommen werden, und dann wimmert und stöhnt er und bewegt sich keinen Zentimeter.

Er schaut mich an: Es geht nicht.

Nein, sage ich, es geht nicht.

Dann laufe ich ins Bad und kotze.

Als ich mich gewaschen habe und den Kopf zum Badezimmerspiegel hebe, ist mein Gesicht nicht mehr da. Es liegt hinter einem Rad, das wie der Rotor eines Ventilators darüber läuft und meine Gesichtszüge verwischt. Wenn das Rad etwas langsamer läuft, wird meine Haut transparent. Ich sehe meinen knöchernen Schädel, in dem die wunden Augäpfel liegen, von roten Äderchen durchlaufen. Dann kommt das Rad ein zweites Mal, es dreht sich, schnell und schneller, verliert an Geschwindigkeit, mein Kopf wird durchsichtig. Im Spiegel kann ich die Reflektion der hellblauen Badezimmerkacheln hinter mir sehen.

»Jolanda?«

Das ist Lilli.

Ich reiße mich vom Waschbecken los, renne ins Schlafzimmer und krieche zurück auf meinen Platz im Bett.

Constanze nimmt meine linke Hand. Lilli meine rechte.

Pax ist nicht mehr da.

## 5.

Drei Monate nach Lillis Einschulung ging ich mit ihr zu Deko-Merten. Lilli wollte unbedingt hin, ohne mir zu verraten, warum. Bei Deko-Merten gibt es alles, was sonst aus Haut und Haaren und Stein und Metall ist, aus Plastik und Pappe zu kaufen.

Im Laden lief ich Lillis türkisfarbenem Ranzen hinterher, der zwischen den vielen Perücken, Girlanden und Kostümen fast verschwand. Bei Deko-Merten ist immer Halloween und Karneval zugleich, aber auf eine ernste Art und Weise, die nicht vermuten ließe, dass es sich um lustige Veranstaltungen handeln könnte. Ich hätte gerne bei dem lebensgroßen Hühnerkostüm haltgemacht oder bei der aufblasbaren Torte, aber Lilli ging zielstrebig in die Perückenabteilung. Ich sah mir die dunklen Indianerzöpfe, roten Clownslocken und goldblonden Prinzessinnenmähnen an, die aufgereiht an der Wand hingen. Als ich wieder zu Lilli herunterschaute, hielt sie zwei Gummiglatzen in den Händen.

»Nimm«, sagte sie, »und setz mir die kleine auf und dir die größere.«

Ich nahm ihr die Glatzen ab. Sie fühlten sich nach klebrigem Gummi an und rochen auch so. Die größere legte ich auf die Theke, dann drehte ich Lillis

Pferdeschwanz zu einem Dutt und stülpte ihr die Glatze über den Kopf. Die Glatze war zu groß und wirkte wie ein hautfarbener Helm. Lilli fuhr sich über die Schläfen. »Vielleicht kann man da was mit Knete machen.«

»Dafür gibt es eine spezielle Masse.« Hinter der Theke stand plötzlich ein Verkäufer, der aussah wie ein zu groß geratenes Rumpelstilzchen. Er griff ins Regal und holte eine kleine silbrige Dose hervor, die er auf die Theke stellte. »Zum Ausgleich von Ritzen und Rillen.«

Lilli nickte. »Nehmen wir.« Sie reichte dem Verkäufer ihre Glatze, ich legte meine auf die Verkaufstheke.

»Du musst deine noch anprobieren!« Lilli hielt mir die Glatze hin. Ich schüttelte den Kopf. »Die passt schon.«

»Sicher, sicher«, sagte der Verkäufer. »Zwei Glatzen und einmal Füllmasse, das macht zehn fünfzig.« Er steckte alles in eine Plastiktüte.

Lilli holte zwei Scheine und ein paar Münzen aus ihrem Brustbeutel.

»Viel Spaß damit«, sagte der Verkäufer, als er Lilli die Tüte reichte.

Lilli sah ihn an, als hätte er sie nicht mehr alle.

Wir redeten nicht mehr über unseren Einkauf, bis Lilli am nächsten Morgen nach dem Frühstück auf die Uhr schaute und flüsterte: »Er kommt um sieben, also sollten wir uns jetzt fertig machen.«

»Lilli«, sagte ich, »meinst du, das ist eine gute Idee?«

Lilli nickte. »Er soll sich doch normal fühlen. Das hat der Onkel Psychologe gesagt.«

Ich verstand Lilli nicht. »Der Onkel Psychologe? Onkel Jesper? Aber der ist doch gar kein Psycho ...«

»Nein, der ON-KEL-PSY-CHO-LO-GE, im KRAN-KEN-HAUS!«

Im Krankenhaus. Der Onko-Psychologe. Offenbar hatte Lilli ihm zugehört, im Gegensatz zu Constanze: Vielen Dank, aber ich bin selbst Psychologin. Wir brauchen Ihre Hilfe nicht.

Lilli zerrte mich am Ärmel ins Bad, in der anderen Hand hielt sie die Tüte. Im Bad stellte Lilli sich vor den Spiegel, nahm sich eine Haarklammer und steckte sich den Zopf zu einem Knoten fest.

Ich wühlte in der Tüte herum, das Gummi der Glatzen gab mir ein unangenehmes Gefühl unter den Fingernägeln. Schnell stülpte ich Lilli ihre über. Sie sah mit der luftig sitzenden Glatze völlig absurd aus und merkte das auch selbst. »Die Ausgleichsmasse!«

Ich holte die Dose heraus und schraubte sie auf. Die Masse fühlte sich gar nicht wie Knete an, eher wie sehr zähflüssiges Make-up. Ich schmierte sie zwischen Lillis Glatze und Lillis Haut, aber da blieb immer noch ordentlich Luft. »Weißt du was«, sagte ich, »wir müssen das anders ausstopfen.« Aus dem Regal nahm ich ein kleines Handtuch, zog Lilli die Glatze vom Kopf und wickelte ihr das Handtuch darum. Dann setze ich die Glatze darauf. Jetzt saß sie richtig straff, nur leider sah Lillis Handtuchkopf total verbeult aus.

»Das geht auch nicht.« Ich wollte Lilli die Glatze und das Handtuch wieder abnehmen, aber sie zischte: »Wir haben keine Zeit mehr«, und hielt beides fest. Also verschmierte ich an den Seiten die Füllmasse. Lilli sah jetzt noch abstruser aus, weil die Glatze, die Füllmasse und ihr Gesicht vollkommen unterschiedliche Farben hatten. Die Glatze war am hellsten, dann kam Lillis Gesicht und in der Mitte leuchtete solariumbraun die Füllmasse. Lilli erinnerte an einen zu heiß gewaschenen E. T.

»Jetzt noch schnell du!« Lilli holte meine Glatze aus der Tüte und gab sie mir.

Ich steckte mir die Haare hoch und setzte die Glatze auf. Sie passte beunruhigend gut, ich brauchte keine Füllmasse, und auch die Farbe traf genau mein bleiches Gesicht. Während ich mich noch ansah, klingelte es.

»Das ist er!« Lilli lief los, ihr überdimensionierter Alienkopf wackelte bei jedem Schritt, sie musste ihn mit beiden Händen festhalten.

Als ich sie einholte, hatte sie gerade die Tür aufgemacht. Da stand ein fremder Mann, wahrscheinlich der Taxifahrer. »Moin.« Er sah Lilli an und schüttelte dann leicht den Kopf. »Ich bringe euren Papa.«

»Wissen wir«, sagte Lilli und drückte sich an ihm vorbei durch die Tür.

Der Taxifahrer betrachtete noch für einen Moment kritisch meine Glatze, dann drehte er sich um und ging Lilli hinterher zum Wagen. Ich folgte ihm.

Lilli hatte schon die hintere Wagentür geöffnet, Pax

streckte gerade das erste Bein heraus. Als er wackelig vor dem Taxi stand, nahm Lilli meine Hand. »Herzlich willkommen zu Hause!«, sagte sie.

Pax schaute uns an. Sein Blick hing an den Glatzen, wanderte nach unten und wieder nach oben und blieb an den Glatzen kleben. »Habt ihr den Verstand verloren?« Er sprach sehr leise. Durch die Augen des Taxifahrers sah ich uns dastehen: Pax mit seiner echten und Lilli und ich mit unseren falschen Glatzen. Pax' Haut war auf dem Kopf noch viel heller als unsere Gummiglatzen und wirkte sehr weich. Babyhaut. Ich stellte mir vor, wie begeistert der Glatzenverkäufer bei Deko-Merten von dieser Glatze wäre, wie er Pax die Glatze in einer Tüte über den Ladentisch reichen und »viel Spaß damit« wünschen würde.

»Wir dachten«, sagte Lilli in die Stille, »damit du nicht so allein, also nicht so allein eben, also allein …«

Pax sah sie an. Lilli ließ meine Hand los und lief ins Haus. Ich stand mit Pax da und wusste nicht, was ich tun sollte.

»Dann wollen wir mal«, sagte der Taxifahrer und führte Pax in Richtung Haustür.

In der Einfahrt lag Lillis Alienkopf.

# 6.

»Was ist heute wichtig? Das erfahrt ihr hier bei uns in der Radio-Wattenmeer-Nachmittagsshow!«

Ist das mein Radiowecker? Da, wo er stehen müsste, türmen sich Medikamentenschachteln.

»Also, liebe Leute im Radio-Wattenmeer-Land: Wenn euch heute seltsam gekleidete Gestalten auf der Straße begegnen sollten, Vampire, sexy Krankenschwestern und Zombies und so, wundert euch nicht! Ihr habt euch nicht mit dem Datum vertan, es ist nicht Karneval.«

Das ist nicht mein Bett. Und es ist nicht morgens.

Durch die Rollläden flüstern die Bagger.

»Jetzt geht es wieder los mit den Nulltagfeiern hier im Radio-Wattenmeer-Land. Nach dreizehn Jahren Schulbankdrücken ist es für unsere Abiturienten bald aus und vorbei, noch null Tage Schule. Und das muss natürlich gebührend gefeiert werden.«

Die Tür ist einen Spaltbreit offen. Auf dem Boden steht Lillis kleines buntes Radio.

»Also viel Spaß bei euren Nulltagfeiern, sauft nicht so viel! Nicht, dass ihr so wie ich damals ins Lehrerzimmer uri… na, ist ja auch egal. Hab ich natürlich nicht gemacht, Ehrenwort.«

»Jolanda?« Lilli schaut durch den Türspalt herein.

»Und hier eine aktuelle Verkehrsmeldung …«

Lilli haut auf das Radio.

Ruhe.

»Bist du wach?«

»Jetzt ja.«

»Du, Jolanda, Mama geht es, glaub ich, nicht so gut. Aber sie hat gesagt, ich soll dich nicht wecken.«

»Hast du ja auch nicht. Ich bin von selbst aufgewacht.«

Fast von selbst.

Lilli klettert zu mir ins Bett. Sie zieht ihre Riesenelefantin am Rüssel hinter sich her. Das Stofftier sieht noch grauer aus als früher.

»Wo hast du das alte Teil denn hervorgekramt, Lilli?«

»Elena Maria Isabel Dominica ist kein altes Teil!«

»Stimmt. Entschuldige, Elena Maria Isabel Dominica.«

Lilli flüstert mit dem Stofftier. »Elena Maria Isabel Dominica sagt, sie verzeiht dir, wenn du ihr was erzählst.«

»Was denn?«

»Wie sie zu uns gekommen ist.«

»Das hab ich doch schon so oft erzählt.«

»Aber Elena Maria Isabel Dominica will es noch mal hören!«

Das Stofftier starrt müde aus staubigen Knopfaugen vor sich hin.

»Na gut. Also. Wir waren im Urlaub in Cádiz, du warst drei und ich war dreizehn. Dort gab es einen Jahrmarkt. Wir haben an einer Bude Lose gezogen, und alle hatten wir Nieten. Nur du nicht, du hattest den Hauptgewinn. Und der Hauptgewinn war Elena Maria Isabel Dominica. Das ist die Geschichte.«

»Nicht so schnell erzählen! Wie war es denn in Cádiz?«

»Heiß. Sehr heiß. Aber die Seitengassen waren schattig und kühl. Durch die sind wir gelaufen, um nach einem kleinen Antiquariat zu suchen, in das Papa unbedingt wollte.«

Lilli nickt zufrieden. »Und was haben wir gemacht, nachdem ich Elena Maria Isabel Dominica gewonnen habe?«

»Wir sind nach Hause gegangen. Papa hatte dich auf dem Arm und du hattest Elena Maria Isabel Dominica auf dem Arm. Und Elena Maria Isabel Dominica war größer als du.«

»Und die Leute?«

»Die haben dir Glückwünsche zugerufen, auf Spanisch.«

»Stimmt.«

»Weißt du was, Lilli?«

»Was?«

»Ich war damals unglaublich stolz.«

»Weil ich den Hauptpreis gewonnen habe?«

»Ja.«

Das stimmt nicht. Ich war stolz, weil ich geglaubt

habe, in den Augen der Leute zu erkennen, dass wir wie eine glückliche Familie aussahen.

Ist Glück etwas, auf das man stolz sein kann?

»Und wie ist mir der Name Elena Maria Isabel Dominica eingefallen?«

»Im Fernsehen war immer die Rede von Elena Maria Isabel Dominica, der Infanta. Und weil du dachtest, dass Infanta auf Spanisch Elefantin heißt, hast du sie so genannt. Und Papa hat uns erzählt, dass die vielen Namen die Infanta beschützen. Weil jeder Name für eine Heilige steht.«

»Das stimmt!«

Lilli schmiegt sich an mich und kaut an Elena Maria Isabel Dominicas Rüssel herum.

Und dann?, fragt Lilli nicht mehr.

Und dann sind wir zurück in unsere Ferienwohnung gefahren und waren dabei sehr fröhlich.

Und dann hat Pax die Fröhlichkeit nicht mehr ausgehalten und eine Kaffeetasse an die Wand geworfen.

Und dann hat Constanze gesagt »Bitte, Pax, innehalten und nachdenken!«

Pax hat kurz nachgedacht. Dann ist er mit einem Bügeleisen auf uns losgegangen.

Ich habe mich vor Lilli gestellt und Constanze sich vor mich. Wir sind rückwärts auf das Bett gefallen, Lilli zuunterst, dann Elena Maria Isabel Dominica, dann ich, dann Constanze. Ich habe gerufen: »Wir zerquetschen Lilli!« Pax hat das Bügeleisen fallen lassen. Constanze hat Lilli auf den Arm genommen und ist aus der Wohnung gestürzt. Ich bin hinter ihnen hergelaufen, kreuz und quer durch die engen Gassen, in der Hoffnung, dass Constanze ein Ziel hat. Schließlich standen wir am Strand. Constanze hat uns ein Eis gekauft. Lilli hat gemerkt, dass Elena Maria Isabel Dominica nicht mitgekommen ist. Lilli hat geweint. Leute haben die Köpfe nach uns gedreht. »Es geht nur um ein Stofftier«, hat Constanze sehr laut gesagt, auf Deutsch und auf Spanisch.

Als wir zurück in die Ferienwohnung kamen, war Pax dabei, das Wohnzimmer zu fegen. »Hallo«, sagte er, »hat der Spaziergang Spaß gemacht?« An der Wand war ein verwaschener Kaffeefleck.

»Jolanda?«

»Ja?«

»Ist Papa tot?«

»Ja.«

»Jolanda?«

»Ja?«

»Mama ist so komisch.«

Zeit, aufzustehen.

Im Wohnzimmer Neonlicht. Nein: Sonnenlicht. Ein Zementlaster fährt rückwärts auf dem Deich entlang. Seine bunte Trommel dreht sich. Die Bagger nicken anerkennend.

Constanze sitzt auf dem Sofa. Immerhin. Sie sitzt. Auf dem Schoß meine Zeichenmappe. Constanze blättert darin. Sie schaut nicht auf.

»Jolanda! Hat Lilli dich geweckt?«

»Hab ich nicht!« Lilli und die Infanta setzen sich zu Constanze aufs Sofa.

Constanze zieht ein Blatt aus meiner Mappe. »Das hier hast du wirklich gut hinbekommen. Die Kanüle in der Hand. Und das Pflaster. Und der Infusionsbeutel. Genauso sieht das aus.«

»Das hat Pax selbst gezeichnet.«

»Ach so.« Constanze klappt die Mappe zu. Sie fährt sich mit den Händen über das Gesicht. »Ich hab schlimm geträumt.«

»Hm.«

»Jolanda?«

»Ja?«

Wenn sie mich jetzt fragt, ob wir schuld sind, drehe ich ihr den Hals um.

»Ich habe geträumt, Pax wäre gestorben.«

Der Laster bleibt stehen, die Bagger frieren ein, der Baulärm verstummt.

»Es war furchtbar! Das Krankenhaus hat angerufen und gesagt, dass er *verstorben* ist.«

Constanze schüttelt sich.

Lilli zupft mich am T-Shirt. »Jolanda?«

Constanze steht auf und streckt sich. »Man sollte sich tagsüber gar nicht schlafen legen, das gibt immer schlechte Träume. Was soll's, ich muss zur Arbeit. Heute muss ich endlich mal richtig mit der Klaustrophobikerin weiterkommen. Die braucht dringend ein Erfolgserlebnis.«

Sie packt ihre Tasche. Wie sie die Papiere sortiert, das Portemonnaie einsteckt, den Reißverschluss zuzieht: Das erinnert mich so an die Gesten der Rollatorkolonne aus dem Krankenhaus, dass ich mich wundere, keinen Zigarettenrauch aufsteigen zu sehen.

Sie summt leise vor sich hin.

»Du hast das nicht geträumt.«

»Doch, das hab ich wirklich geträumt! Schlimm! Wo ist denn jetzt mein Portemonnaie?«

»Nein, du hast nicht ...«

»Ach, ich hab's schon eingepackt! Ich muss dann jetzt los. Lilli ist um drei mit Hannah verabredet, setzt du sie auf dem Weg zur Nulltagfeier dort ab? Sie übernachtet da.«

Lilli krallt sich in mein T-Shirt. »Das stimmt doch nicht!«, flüstert sie.

Constanze spricht so laut, als wäre der Baulärm noch da. »Na sicher, Lilli, Jolanda hat Nulltagfeier und übernachtet in der Schule und du bist mit Hannah verabredet! Hast du doch selbst ausgemacht! Jolanda bringt dich hin!« Constanze gibt Lilli einen Kuss auf die Stirn.

»Jolanda!« Lilli zieht mich am T-Shirt.

»Jetzt vertragt euch mal, ihr beiden!«

»Jolanda!« Lillis Stimme schrillt.

Constanze streicht Lilli übers Haar. »Jolanda muss jetzt ihr Zwergenkostüm anziehen, Lilli. Soll ich dir mit dem Bart helfen, Jolanda?«

»Ich kann mich doch jetzt nicht als Zwerg verkleiden.«

»Aber du warst doch so begeistert von Franziskas Idee mit den sieben Zwergen.«

»Ja, aber Pax ist …« Wo habe ich Pax' Brille? Ich muss sie Constanze zeigen, sie ist der Beweis, wenn sie die Brille sieht, wird sie mir glauben, wenn ich nur die Brille …

Constanzes Blick.

Präfinal.

Postfinal.

Scheißegal.

»Okay, ich ziehe mein Kostüm an.«

»Jolanda!« Lilli kreischt.

Lilli verfolgt mich ins Bad. Sie flüstert. »Jolanda. Das stimmt doch nicht. Papa ist doch tot. Das hast du selber gesagt.«

Das T-Shirt aus. Das rote Zwergenhemd an.

»Jolanda! Mama ist verrückt geworden.«

Aus der Jeans steigen. Und in die grüne Zwergenhose.

»Du musst ihr sagen, dass Papa tot ist, Jolanda!«

Es klingelt.

»Du musst ihr das sagen! Sie glaubt mir nicht!«

Jetzt den Bart und die Zwergenmütze.

Es klingelt noch mal.

»Jolanda.« Constanze ruft. »Mach doch mal bitte auf!«

Den Bart und die Zwergenmütze in die Zwergenhosentaschen.

Und zur Tür.

Hoffentlich ist es jemand, der Constanze in die Realität zurückholt.

Hoffentlich ist es niemand, der Constanze in die Realität zurückholt.

Es ist das leere Krankenhausbett. Es ist aus dem Krankenhaus hierhergerollt, um nach Pax zu suchen.

Nein. Doch nicht. Neben dem Bett steht ein Mann.

»Ich bringe Ihnen das Bett.«

Der Mann sieht müde aus, besonders seine Haare, die an den Seiten schlaff herunterhängen.

»Das ist doch hier bei Jellerich? Haben wir telefoniert? Hier draußen steht ja *Pension Jolande* dran oder so, bin ich falsch?«

Lilli schiebt sich an mir vorbei. »Wir brauchen das Bett nicht mehr, unser Vater ist heute Morgen gestorben.«

»Oh. Mein herzliches …«

»Was erzählst du denn da, Lilli?« Constanze ruft von oben. Sie lacht. »Die Kleine hat schlecht geträumt.«

Der Mann sieht mich an, ich soll ihm sagen, was stimmt. Aber was stimmt? Was stimmt? Warum soll ausgerechnet ich wissen, was stimmt?

»Also, wollen Sie das Bett jetzt? Ich bin ja extra damit auf die Insel gefahren.«

»Unser Vater ist ge …«

Weiter kommt Lilli nicht. Constanze steht plötzlich im Flur, packt Lilli am Arm und gibt ihr eine Ohrfeige. »Mit so was macht man keine Witze! Merk dir das!«

Lilli steht vollkommen starr. Constanze hat sie noch

nie gehauen. Niemand hat jemals Lilli gehauen. Lilli sieht Constanze einen Moment lang an. Dann dreht sie sich um und geht zurück ins Wohnzimmer.

Der Mann mit den müden Haaren tritt von einem Fuß auf den anderen, ein Seiltanz auf der Stelle. »Das ist eine schwere Zeit«, sagt er leise.

»Inwiefern?« Constanze spricht in der neutralen Stimme, die sie für Versicherungsvertreter, Nachbarinnen, Patienten, Verwandte und andere aufdringliche Personen benutzt.

Der Mann räuspert sich.

»Ja«, würde ich gerne sagen, »ja, es ist eine schwere Zeit. Sie haben recht.« Ich möchte dem Mann einen Tee anbieten, ich möchte, dass er sich auf unser Sofa setzt, ich möchte mit ihm reden, stundenlang.

»Also wollen Sie das Bett?«, fragt der Mann.

»Natürlich.« Constanze quetscht sich an dem Mann und dem Bett vorbei nach draußen. »Ich muss leider dringend zur Arbeit, meine Tochter kümmert sich darum.«

Und dann ist Constanze weg.

»Also, mein Vater ...«

»Wollen Sie das Bett? Dann ruf ich eben meinen Sohn, der wollte sich unbedingt zurück ins Auto setzen, aber um es die drei Stufen zur Haustür hochzukriegen, brauchen wir noch einen starken Mann.«

»Nein, mein Vater ...«

»Ruben! Ruuuuuuuuben!«

Aus dem weißen Transporter vor unserem Haus steigt jemand aus: dünn, dunkel gekleidet. Er kommt langsam zum Haus geschlendert. Ist das Ruben? Ruben Lüschert? Aus dem Mathe-Leistungskurs. Ruben schaut mich nicht an.

»Hallo.«

»Hi«, murmelt Ruben. Seine Haare sehen genauso müde aus wie die seines Vaters. Bisher dachte ich, das wären Mathe-LK-Haare. Aber es sind müde Haare. Traurige Haare.

»Das Bett muss da rein, alles klar?«

Ruben nickt seinem Vater zu. Der Vater trägt helle Funktionskleidung. Als würde er gleich zu einer Wüstenexpedition aufbrechen. Ruben ist wie immer ganz schwarz angezogen. Die beiden sehen sich unglaublich ähnlich. Ruben hebt das Bett hinten an, sein Vater vorne.

Ich sollte vielleicht so tun, als wollte ich helfen.

»Geht schon«, sagt Ruben.

»Dann lauf ich mal vor. Es geht hier den Gang entlang. Ins Fremdenzimmer Nummer drei.«

Hinter mir ächzen sie. »Ganz schön eng mit den ganzen Bücherstapeln, die hier rumstehen.«

»So, hier herein.«

An der Türschwelle zögert Rubens Vater. »Das ist ja mal was! Wie haben Sie den Boden denn so hinbekommen? Das ist ja täuschend echt.«

Ruben schaut nur.

»Mein Vater hat die Wellen aufgemalt. Er wollte,

dass man sich in dem Zimmer so fühlt, als wäre man auf hoher See.«

»Tolle Sache.« Sie schieben das Bett über das aufgewühlte Meer. »Dreh mal Richtung Fenster, Ruben! Da kann der Papa nachher bequem rausschauen. Zwar leider nur auf den Deich, aber der ist ja immerhin schön grün.«

Ich setze einen Schritt nach dem anderen in das Zimmer. Breitbeinig und wiegend, im Rhythmus der Wellen, im Seemannsgang.

»Jolanda? Wieso läufst du denn so komisch?« Lilli steht in der Tür.

Rubens Vater sieht sich um. »Wo habt ihr denn eine Steckdose? Ich würde die Funktionen eben gerade noch zeigen.«

Natürlich ist keine Steckdose nah genug, natürlich ist das Kabel nicht lang genug. Natürlich liegt überall dort, wo Rubens Vater nach einer Steckdose schaut, zentimeterdicker Staub. Rubens Vater tut so, als würde er das nicht sehen.

Sieht Ruben das?

Rubens Vater reibt sich die Hände. »Kein Problem, ich hab 'ne Kabeltrommel im Auto.«

»Ist nicht nötig, wir können ja auch nachher die Bedienungsanleitung lesen, wir ...«

»Wir brauchen kein Bett, weil unser Vater tot ist.«

»Lilli, halt die Klappe!«

»Lassen Sie mal.« Rubens Vater geht zu Lilli und streicht ihr über den Kopf. Lilli hält ganz still. Ihr Gesicht wird bei jedem Streicheln weicher, so als würde Rubens Vater ihr die Verkrampfung herausstreichen.

»Sei nicht traurig«, sagt Rubens Vater zu Lilli, »bald kommt euer Papa ja wieder nach Hause. Ein Bett hat er jetzt schon mal.«

Ich will das auch, er soll mir auch so über den Kopf streichen.

»Ist kein Ding«, sagt Rubens Vater.

»Ja?«

»Ich hol sie eben.«

Ach so. Die Kabeltrommel.

»Bin gleich wieder da.«

Ruben schaut seinem Vater nach wie ein kleines Kind, das zum ersten Mal im Kindergarten abgegeben wird und in diesem Moment kapiert, dass sein Papa nicht den ganzen Tag mit dableiben wird.

Lilli streicht sich über den Kopf.

Ruben räuspert sich wie sein Vater.

Ich sollte was sagen.

»Toll, dass dein Vater eine Kabeltrommel im Auto hat.«

»Ja, echt toll.«

Ruben denkt, ich würde ihn verarschen. Er weiß Väter mit Kabeltrommeln nicht zu schätzen.

»Ich find's wirklich gut. Ist doch sehr weitsichtig.«

Ruben lacht, ha-ha-ha, ein Lachen aus einer Sprechblase.

Es ist unmöglich, Ruben zu vermitteln, dass ich das wirklich meine. Dass ich nicht ironisch spreche.

»Ich find's auch gut«, sagt Lilli.

Ich wünschte, es gäbe ein Zeichen zum Anzeigen von Nicht-Ironie.

»Ich meine das ehrlich, glaub mir das doch!«

»Ich glaub dir das.«

Ist jetzt Ruben ironisch? Nein, er sieht nicht so aus. Eigentlich sieht er aus, als könnte er nie wieder ironisch sein.

»So, da haben wir das gute Stück.« Rubens Vater kommt herein. »Und jetzt setzen wir das Bett mal unter Strom.«

Die Kabeltrommel ist blau-schwarz. Es klebt frisches Gras daran. Es riecht nach Sommer.

»Ich kann sie euch hierlassen, bis ihr selbst ein Verlängerungskabel habt. So. Wann kommt der Papa denn aus dem Krankenhaus?«

Lilli ruft nicht: »Nie wieder!« Lilli schaut ins Leere und streicht sich über den Kopf.

»Das wissen wir nicht.«

Rubens Vater nickt.

»So. Ruben, reich ihr mal die Fernbedienung.«

Ruben hält sie mir hin und schaut an mir vorbei. Ein riesiges beiges Teil mit schwarzen Tasten. Ich will es nicht anfassen.

Aber ich muss.

»Kopf-, Rücken- und Fußbereich sind separat verstellbar. Das Schöne bei diesem elektrischen Bett ist, dass euer Vater das auch selbst machen kann. Das war für meine Frau sehr wichtig. Da ist man nicht so abhängig. Bis kurz vor Schluss konnte sie damit sogar selbst aufstehen. Ist ja auch ein Aufstehbett. Wirklich ein ganz tolles Ding.«

Ruben hat rote Flecken im Gesicht.

»Die Tasten sind ja mehr oder weniger selbsterklärend, oder? Drücken Sie mal auf die, auf der ein Bett mit hochgestellter Rückenlehne abgebildet ist.«

Ein summendes Geräusch, wie ein gut geölter Fahrstuhl. Die Rückenlehne stellt sich auf.

»Das Gleiche dann entsprechend für Rückenlehne runter und Fußteil rauf und runter. Meiner Frau hat es immer gutgetan, wenn sie die Beine hochlegen konnte. So. Jetzt zur Aufstehfunktion. Ich mach das jetzt und Sie schauen genau zu. Ruben, leg dich mal rein.«

»Nein.«

»Ruben!«

»Nein.«

»Na gut, dann eben leer.«

Rubens Vater nimmt mir die Fernbedienung aus der Hand, drückt darauf, erst einen, dann einen anderen Knopf. Die Matratze setzt sich langsam auf. Sie dreht sich zur Bettkante, streckt sich und steht dann fast gerade vor dem Bett. Gleich wird sie einmal herzhaft gähnen, sich vom Bett abstoßen, aus dem Haus laufen und die nächste Fähre aufs Festland nehmen.

Ich könnte es ihr nicht verübeln.

»Nicht schlecht, was?«

Mehr als nicken geht nicht.

»Was stellen die eigentlich dar? Die habe ich vorhin schon bewundert.«

Wo zeigt er hin? Zum Fenster?

»Das ist die Jolande auf dem Dülleroogsand«, ruft Lilli vom Sofa. »Dem Außensand vor Dülleroog.«

Die Bilder und das Foto.

Rubens Vater geht näher ran.

»Ach, die Jolande, da hab ich auch schon von gehört. Ist das dieses Wrack, das immer mal wieder aus dem Watt hochkommt?«

Lilli stellt sich neben Rubens Vater. Sie zeigt auf die Bilder. »Die hat alle unser Vater gemalt. Und auf dem Foto sieht man, wie unser Vater und unsere Mutter auf dem Wrack sitzen. Sie haben sich nämlich auf Dülleroog kennengelernt. Und auf der anderen Seite neben unserem Vater sitzt sein bester Freund. Den Freund sieht man nicht, weil er ein Geist ist. Er heißt Schlickmergel. *Schlick* ist der Vorname und *Mergel* der Nachnahme, glaub ich. Aber das ist natürlich nur eine Geschichte. In echt gibt es gar keine Geister.«

Rubens Vater lächelt und geht noch näher heran. Lilli und er haben die Arme hinter dem Rücken verschränkt und beugen die Oberkörper leicht vor. Als stünden sie in einer Gemäldegalerie. Und Lilli ist die Museumspädagogin. »Nach den Berechnungen unseres Vaters kommt das Wrack bald wieder hoch. Es ist schwer herauszufinden, wo. Aber ich glaube, wir finden es bald.«

»Interessant«, sagt Rubens Vater.

Ruben räuspert sich.

Sein Vater dreht sich zu uns um. »Hast du eigentlich auch Nulltagfeier? Ihr seid doch im selben Alter! Kennt ihr beiden euch nicht?«

»Nein!«, sagen Ruben und ich gleichzeitig.

# 7.

Als ich das erste Mal mit Pax im Watt war: Da muss ich acht gewesen sein. Wir wohnten noch nicht auf der Insel. Zum Meer war es eine Fahrt von einer Stunde. Eigentlich war das Ganze als Familienausflug gedacht, aber als wir in unseren Regenmänteln in der Diele standen, sagte Constanze: »Es geht mir nicht so gut. Ich fürchte, ihr müsst alleine fahren.«

»Ich fürchte, mir geht es auch nicht so gut«, sagte ich. »Mir ist so komisch warm.«

»Ach Schatz, das liegt daran, dass du hier drinnen einen Regenmantel trägst.« Constanze lachte. Sie zog mich an sich und gab mir einen Kuss auf den Kopf. »Pax freut sich doch so darauf, dir die Jolande zu zeigen«, flüsterte sie in mein Haar. »Schließlich bist du nach ihr benannt.«

Ich wusste, dass Pax nicht alleine fahren würde, wenn ich mich jetzt weigerte. Dass meine Weigerung einen Tag zu Hause mit viel Seufzen, vielleicht auch Schreien und, mit etwas Pech, herumfliegenden Gegenständen bedeuten würde.

Ich schmiegte mich an Constanze, dann ließ ich sie los, ging raus und stieg ins Auto.

Auf der Fahrt war Pax sehr fröhlich, so fröhlich, dass

es mir Angst machte. Er hatte die Kassette mit den Kinderliedern aufgelegt. Ich verstand, dass er nett sein wollte, und sang mit: Grün, grün, grün sind alle meine Kleider, grün, grün, grün ist alles, was ich hab. Daa-ruhum lieb' ich alles, was so grün ist, weil mein Schatz ein Jägermeister ist.

Ich genoss seine Singstimme, die tief und schön war und nichts von der Anspannung verriet, die ich deutlich hören konnte, wenn er zu mir sprach.

Aber nachdem wir die Kassette zweimal durchgesungen hatten und wieder Grün, grün, grün sind alle meine Kleider kam, fing Pax an, leise zu seufzen.

Ich musste handeln.

»Wie war das eigentlich noch mal, als du Mama auf Dülleroog kennengelernt hast?

Er seufzte. »Das weißt du doch, Jolanda.«

»Bitte erzähl's mir noch mal.«

Er wechselte auf die linke Spur.

»Ich war im Sommer auf Dülleroog und habe den Halligleuten bei der Arbeit geholfen, gegen Kost und Logis. Damals kam nach einem starken Sturm das Wrack der Jolande aus dem Watt hoch. Es hat mich sofort fasziniert. Ich wollte alles über die Jolande wissen und habe das Wrack jeden Tag gezeichnet. Es sah nie gleich aus.«

»Und Mama?«

»Mama ist auf die Hallig gekommen, um in Ruhe ihre Diplomarbeit zu schreiben. Ich weiß noch genau, wie sie von der Kutsche gestiegen ist, die sie über das

Watt nach Dülleroog gebracht hat. Mama hatte einen Strohhut auf, den sie festhalten musste, wegen dem Wind. Sie war wunderschön.«

Ich sah, wie sein Nacken sich entspannte. Es funktionierte.

»Ich habe jeden Tag eine Birne gepflückt und auf ihr Kopfkissen gelegt. Das hat ihr gefallen.«

Pax überholte einen Laster. Auf der Ladefläche drängten sich hinter einem roten Gitter rosafarbene Schweineschnauzen.

»Abends haben wir uns zusammen auf die Bank im Innenhof gesetzt. Da waren wir gut gegen den Wind geschützt.«

Ich winkte den Schweinen. Ihre Schnauzen zuckten.

»Und was hast du Mama da erzählt?«

»Na, die Geschichte der Jolande. Wie sie im Jahr 1900 an Weihnachten auf den Dülleroogsand aufgelaufen ist und die Besatzung gerettet wurde.«

Ich nickte, wie immer an dieser Stelle.

Obwohl ich Pax nur von hinten sah, wusste ich, dass sich jetzt in seinen Mundwinkeln weiß die Spucke sammelte, so als wollte er die Gischt illustrieren, durch die sich die Jolande am Heiligabend wühlte, bevor sie auf den Dülleroogsand auflief.

»Und wie wurde die Besatzung gerettet?«, fragte ich.

Doch Pax erzählte nicht weiter. »Wo ist die Ausfahrt?«, rief er stattdessen. »Wir haben die Ausfahrt verpasst!«

Blau, blau, blau, sangen die Kinder im Kassettendeck.

»Unerträglich!« Pax riss die Kassette heraus. Das Band blieb im Rekorder hängen. Es sah aus, als würde die Kassette sich verzweifelt darin festkrallen.

Pax warf den Faltplan nach hinten.

»Schau verdammt noch mal nach, was die nächste verdammte Ausfahrt ist!«

Ich entfaltete den Plan, der sofort riesengroß wurde und immer größer, er bedeckte schon mich und die halbe Rückbank, er kroch am Rücken des Fahrersitzes hoch und berührte Pax' Haare, es war wie in dem Märchen mit dem Brei, nur dass ich gegen den Plan noch nicht mal anessen konnte.

»Was ist die nächste Ausfahrt?«, brüllte Pax von vorne. Ich verkroch mich unter die Karte und hielt mir die Ohren zu, so gut es ging. Durch das dünne Papier leuchteten die Straßen und Flüsse rot, gelb und blau über mir. Für einen Moment hatte ich die Vorstellung, dass Gott mir vielleicht durch einen Sonnenstrahl die richtige Ausfahrt auf der Karte zeigen wollte, doch alle Straßen leuchteten gleichermaßen. Entweder Gott wusste die richtige Ausfahrt auch nicht, oder er half nur Leuten, die wirklich und ehrlich an ihn glaubten. »Vater unser ...«, flüsterte ich, »Vater unser ...«, doch ich wusste nicht weiter. Ich zog aus meiner Tasche Constanzes weißen Seidenschal, den ich zu Hause heimlich eingesteckt hatte, und wickelte ihn mir um den Hals. Der Schal roch nach ihr, aber der Geruch machte mein Herz noch schwerer.

»Ach, da ist sie ja! Wir haben sie gar nicht verpasst!«

Ich hörte, wie Pax den Blinker setzte. Das Blinkergeräusch: leise, sanft, regelmäßig.

»Na, freust du dich schon?«

Ich kam unter der Karte hervor.

»Ja«, sagte ich.

Am Fähranleger war eine lange Autoschlange.

»Ich hole uns einen Fahrschein.« Pax nahm sein Portemonnaie aus der Hosentasche und ging zum Verkaufsschalter.

Ich stieg aus und sah mich um. Es gab einen Kiosk mit bunten Fahnen, die im Wind flatterten. Auf einer stand *Botterbloom*, auf einer anderen *Jever*. Die Möwen nahmen den Mülleimer auseinander und stießen dabei aufgeregte Schreie aus. Eine flog mit einer zerfetzten Ofenkartoffel davon.

Auf dem Parkplatz neben der Wartespur verstaute eine Frau schimpfend ein halb aufgeblasenes Gummiboot im Kofferraum. Ihre Tochter und ihr Sohn, oder die Kinder, die vermutlich ihre Tochter und ihr Sohn waren, schauten zu. Der Junge war so groß wie ich, seine Schwester sah ein paar Jahre älter aus. Beide waren sandig und nass von oben bis unten. Aus ihren Haaren tropfte Wasser. »Einmal einen ganz normalen, ruhigen Tag am Meer verbringen, wie eine ganz normale Familie, das ist nicht drin, oder?« Die Frau schrie und drückte an dem Gummiboot herum. »Könnt ihr euch nur einmal wie normale Kinder benehmen?« Immer wenn die Frau das Gummiboot an einer Stelle ins Auto gequetscht bekam, flutschte es an einer anderen wieder heraus. Das Mädchen und der Junge standen einfach da, tropfend, mit einem Gesichtsausdruck, den ich so oft hatte üben dürfen, dass ich mich direkt daneben stellen und ein Familienmitglied hätte mimen können: ängstlich, im absurden Versuch, sich unsichtbar zu machen, verzweifelt darüber nachdenkend, wie man den Ausbruch verkürzen oder zumindest abmildern könnte. Ich fing den Blick des Jungen auf. Vielleicht, dachte ich, denkt er gerade dasselbe wie ich: Dass das Verrückte an all dem ist, dass irgendein Zeug, Beton oder Gummi oder Porzellan oder Metall, darüber entscheidet, ob die Katastrophe über uns hereinbricht oder nicht. Dass das den Gummibooten, Autobahnausfahrten und Schlüsseln dieser Welt so viel mehr Macht gibt, als ihnen zusteht.

Der Junge sah schnell wieder weg.

»Verdammte Scheiße!«, schrie die Frau. Sie schlug auf das Gummiboot ein, das daraufhin mit einem lauten *plopp* aus dem Kofferraum poppte.

Und dann passierte das Unglaubliche: Das Mädchen fing an zu lachen. Erst leise, dann aus vollem Hals. Der Junge sah sie erstaunt an. Dann kicherte er, aber er hielt sich dabei die Hand vor den Mund. Das Mädchen lachte wie die Möwen: kurz und abgehackt. Es war, als würde sie nicht wirklich lachen, sondern jemandem, der von Lachen noch nie etwas gehört hatte, das Lachen vorführen. Ich konnte sehen, wie der Kopf der Mutter immer röter wurde, und ich überlegte, wie ich dem Jungen und dem Mädchen unauffällig signalisieren könnte, dass sie das lieber lassen sollten.

Doch dann fing die Mutter selbst an zu lachen. Das Mädchen und der Junge sahen sich kurz erstaunt an, dann lachten sie weiter. Die drei standen da, vor dem Kofferraum, aus dem halb das Gummiboot heraushing, und lachten und lachten.

Pax kam mit dem Fahrschein zurück. Er sah zu den drei lachenden Leuten hinüber. Für einen Moment wollte ich ihm von der Szene erzählen, wollte ihm meine Erkenntnis mitteilen: dass es möglich war, zu lachen. Doch während ich überlegte, wie ich Pax das erklären könnte, zerfiel der Gedanke.

»Na, freust du dich?«, fragte Pax.

Wir schafften es als letztes Auto auf die Fähre. Ich nahm das als gutes Zeichen. Und die Überfahrt gefiel mir. Wir stiegen aus dem Auto und atmeten die Meeresluft ein. Hinter uns lag der Fährhafen, vor uns die Insel. Es war schön, weder hier noch dort zu sein. Ich hätte stundenlang auf diesem Schiff bleiben und den Möwen zuhören können.

Das Märchen fiel mir ein, in dem ein Fährmann dazu verdammt ist, immer auf dem Fluss hin- und herzufahren. Nur der Teufel mit den drei goldenen Haaren weiß Rat: Der Fährmann soll einfach dem nächsten Fahrgast die Ruderstange in die Hand drücken und aus dem Boot springen, sodass nun der die Leute von einem Ufer ans andere bringen muss. Ich überlegte, ob der Kontrolleur uns bei der Ankunft seine Tasche mit den Fahrkarten in die Hand drücken und einen Satz an Land machen würde. Ich hätte die Tasche genommen. Es schien mir paradiesisch, immer über das Meer zu fahren und nie wirklich anzukommen.

Aber als das Schiff schließlich an der Insel anlegte, konnten wir ungehindert von der Fähre abfahren.

*Willkommen auf der Insel der Glückseligen*, stand auf einem großen Schild am Fähranleger. »Das hat sich die Kurverwaltung ausgedacht«, sagte Pax. »Na ja, vielleicht stimmt es ja sogar.« Er lachte, verächtlich.

Ich wunderte mich, dass man auf einer Insel so wenig vom Meer sah. Sobald wir den Tiefseeanleger verlassen hatten und auf einer Inselstraße weiterfuhren, schaute man rechts auf endlose Wiesen mit vereinzelten Häusern und links auf eine grüne Wand aus Gras. »Das ist der Außendeich«, erklärte Pax. »Der ist hier besonders hoch, weil ein Großteil der Insel unter dem Meeresspiegel liegt. Weißt du eigentlich, warum die meisten Halligen hingegen keine Deiche haben?«

»Nein«, sagte ich und genoss seine ruhige Erklärstimme.

»Das Hallighaus steht auf einer Warft, das ist ein künstlicher Hügel. Wenn eine Sturmflut kommt, kann die Hallig komplett überschwemmt werden – solange das Wasser nicht über die Warft steigt, sind die Halligleute sicher. Als ich auf Dülleroog war, gab es sogar eine so schwere Sturmflut, dass wir uns in einen Schutzraum ganz oben im Haus zurückziehen mussten. Von dort haben wir dann den Wind blasen und das Meer rauschen gehört.«

Ich wunderte mich über die Begeisterung in Pax' Stimme.

»So«, sagte er, »gleich sind wir da.«

Die Möwen schrien, als wir aus dem Auto ausstiegen. »Lachmöwen«, sagte Pax. Er holte einen zusammengerollten Papierbogen aus der Tasche und breitete ihn auf der Motorhaube aus. Es war so windig, dass er die Kanten mit beiden Händen festhalten musste. »Schau mal, Jolanda, ich habe hier mal skizziert, wie wir gleich laufen müssen. Das ist die Abgangsstelle, da stehen wir jetzt.«

Ich sah mir die mäandernden Streifen an, die Pax tiefblau in die gelb schraffierte Fläche gesetzt hatte. Damals kartierte Pax noch die äußere Welt, doch seine Karten waren bereits sehr bunt und sehr besonders. Er verzierte sie mit märchenhaften Zeichnungen von Kompassen und Segelschiffen. Auf dieser Karte war in der Mitte eine seltsame Gestalt zu sehen: ein hutzeliges Männchen mit einem spitzen Ziegenbart und Krallen an den langen Fingern. Es schien eine Art Anzug aus grünen Schuppen zu tragen, mit einer passenden Spitzmütze dazu. Seine kleinen Augen wirkten freundlich, aber auf eine hinterhältige Art.

Auf dieses Männchen wies Pax nun, weil er keine Hand frei hatte, mit dem Kinn. »Da müssen wir hin, da liegt nach meinen Berechnungen zurzeit das Wrack der Jolande.«

»Und wer ist das Schuppenmännchen?«

»Das ist der Schlickmergel. Der Wattgeist.«

Es machte mir Sorge, einfach so in das Reich des Schlickmergels zu laufen. Doch ich wollte nicht kindisch sein. Es handelte sich ja nur um eine Verzierung. Andererseits wusste ich von Pax, dass auf den alten Karten auch die Verzierungen Bedeutungen hatten – Drachen etwa standen für unbekanntes Land und die damit verbundenen Gefahren. Wofür stand der Schuppenmann? Ich wagte es nicht, zu fragen.

»Da in der Mitte siehst du Dülleroog.« Pax' Kinn zeigte auf einen ovalen Fleck mit einem grünen Inneren. Die Hallig wirkte wie ein Auge, das mich aufmerksam ansah. »Da müssen wir in einem großen Bogen drum herum. Davor sind nämlich so tiefe Schlicklöcher, dass du bis zum Kinn einsinken würdest.«

Ich konnte den Schlick direkt an meinem Hals fühlen.

»Wenn wir um Dülleroog herum sind, kommt noch mal eine relativ lange Strecke bis zum Dülleroogsand. Ich hoffe, wir schaffen es zurück, bevor die Flut kommt.«

Das hoffte ich auch.

Der Dülleroogsand sah auf der Karte dreimal so groß aus wie Dülleroog selbst. Das erschien mir irgendwie nicht richtig. Dülleroogsand, das klang wie ein Kind von Dülleroog, und Kinder, fand ich, mussten kleiner sein als die Eltern.

»Der Dülleroogsand schützt Dülleroog vor der Erosion«, sagte Pax.

Ich wusste nicht, was Erosion war, aber es klang bedrohlich.

»Und er wandert im Laufe der Zeit. Weißt du, woran man das merkt?«

Ich schüttelte den Kopf.

»Siehst du die Rettungsbake, die ich hier eingezeichnet habe?« Er wies auf die Karte.

Die Bake hatte er dreidimensional gemalt: Eine hochbeinige Kabine, eine Mischung aus Hochsitz und Leuchtturm. Die Bake wirkte so echt, als wäre sie dort auf das Papier gebaut worden.

»Die Bake wandert – oder besser gesagt: Der Sand unter ihr wandert. Deshalb musste sie im Laufe der Jahre immer wieder versetzt werden. Und deshalb können wir auch nicht genau wissen, wo die Jolande wieder hochkommt. Der Sand wandert und die Jolande darunter wandert. In gewisser Weise bleibt das Watt immer Terra incognita, weil es nach jeder Flut anders aussieht. Aber heute sind unsere Chancen, die Jolande zu finden, besonders gut. Es ist Springniedrigwasser und dabei geht das Meer sehr weit zurück.«

Pax rollte die Karte zusammen und holte den Metalldetektor aus dem Kofferraum. »Außerdem haben wir ja den hier.« Er schlug den Kofferraum zu. »Jetzt geht's los!«

Auf dem Deich standen Schafe und schauten uns an. Hinter dem Deich war das Watt. Es glitzerte in der Sonne, Wolken spiegelten sich darin.

»Freust du dich?«, fragte Pax.

»Ja«, sagte ich.

Und ich freute mich tatsächlich. Ich freute mich, dass Pax wieder gut gelaunt war. Dass er nicht schimpfte, als ich beim Anblick des Schlickwatts zögerte, den ersten Fuß hineinzusetzen. Dass er mit mir dem Knistern des Schlicks zuhörte, bis ich mich überwinden konnte, weiterzulaufen. Dass er mit mir eine neue Strophe für das Alle-meine-Kleider-Lied dichtete, die mit *gelb, gelb, gelb* begann und von zwei Leuten im gelben Friesennerz handelte. Wir sangen langsam im Takt des Metalldetektorpiepens. Ich mochte es, wie Pax den Detektor über das Watt hielt. Sanft. Es sah aus, als wäre das Watt ein kostbarer Teppich, den Pax vorsichtig staubsaugte.

Wir kamen an einem seltsamen Ding vorbei: Einem langen Mast, an dem oben ein aus Metall geflochtener Käfig befestigt war. Es sah aus wie ein Vogelkäfig für einen Riesenpapagei.

»Das ist eine kleine Bake«, erklärte Pax. »Da kann man hochklettern, wenn man im Watt vom Wasser überrascht wird. Drinnen liegt eine Signalleuchte. Wenn man gerettet werden will, muss man sie einschalten und hochhalten. Schau mal, da hinten steht schon die nächste Bake. Die sind über das ganze Watt verteilt.«

Die Baken erinnerten mich an die Menschenkäfige, die ich bei einem Besuch in Münster mit Pax und Constanze an einer Kirche hatte hängen sehen. Ich wusste längst nicht mehr, wer warum da dringesteckt hatte, aber der Schreck saß mir noch in den Knochen. Beim Anblick der Rettungsbaken schien es mir, als würden die Geretteten darin zur Schau gestellt wie die toten Sünder an der Kirche.

»Halt mal.« Pax blieb stehen, drückte mir den Metalldetektor in die Hände und stopfte sich eine Pfeife. Es dauerte, bis es ihm gelang, sie anzuzünden. Ich spürte meine Füße langsam in den Schlick einsinken und hielt mich am Griff des Detektors fest.

»Nicht auf das Watt aufsetzen!«

Pax riss mir den Detektor aus der Hand.

Wir liefen weiter.

»Da hinten liegt die Hallig, siehst du sie?«

Ich schaute in die Richtung, in die er mit seiner Pfeife zeigte. Es sah aus, als wäre dort ein Riese im Watt versunken, von dem nur noch die grünen buschigen Haare zu sehen waren und darauf ein zerknautschter brauner Hut.

»Ja, ich sehe sie«, sagte ich.

»Weißt du, wie Theodor Storm Halligen genannt hat?«

Ich schüttelte den Kopf.

»Schwimmende Träume.«

Ich sah den versunkenen Halligriesen an. »Das passt. Aber wer träumt die Halligen denn? Das Meer?«

Pax schnaubte. »Unsinn, Jolanda.«

Der Metalldetektor piepte schneller.

Pax klopfte seine Pfeife aus und steckte sie ein.

»Hörst du das? Komm!«

Ich hetzte Pax hinterher. Der Himmel war so weit, dass ich die Arme ausbreiten und rennen wollte. Aber der Schlick hielt meine Füße fest. Ich konnte sie gar nicht so schnell heben, wie sie einsanken. Immer wieder blieben meine Gummistiefel stecken, sodass ich anhalten und sie herausziehen musste. Der Metalldetektor piepte schneller und schneller. Pax packte meine Hand und riss mich mit, und ich wünschte mir, so leicht zu sein, dass ich einfach hinter ihm herfliegen könnte wie ein Drachen.

Doch statt zu fliegen, brach ich ein. Meine Füße fanden plötzlich keinen Halt mehr. Da, wo sonst nach der weichen Schicht fester Boden gekommen war, kam – nichts. Ich war genauso überrascht wie panisch, ich trat mit den Füßen gegen das eiskalte Nichts an, sank tiefer, bis zur Hüfte. Dann zog Pax mich heraus. Meine Gummistiefel blieben drin. Pax trug mich ein paar Schritte und setzte mich ab. Ich traute dem Boden nicht mehr, aber ich sank nur bis zu den Knöcheln ein. Immerhin. Ich bemühte mich, nicht zu weinen. Der Metalldetektor piepte noch schneller und lauter.

»Musste das sein?«, sagte Pax.

Ich schüttelte den Kopf. Nein, von mir aus hätte das nicht sein müssen.

»Wer ist denn so blöd und geht in Gummistiefeln ins Watt? Wie konnte Mama dir Gummistiefel mitgeben?«

Das wusste ich auch nicht.

»Es ist doch klar, dass man hier auf Schlicklöcher aufpassen muss.«

Ich nickte und fror.

»Jetzt müssen wir wegen dir zurück, obwohl wir endlich eine Spur haben!«

»Nein, nein, müssen wir nicht! Wir können weiter, wirklich.«

Ich zitterte. Pax nahm meine Hand, so fest, dass es wehtat, und rannte dem Piepen des Detektors hinterher. Der Schlick legte sich eiskalt um meine Füße. Pax riss mir fast den Arm ab. Mit meiner freien Hand zog ich mir Constanzes Schal hoch bis zur Nase. So bestand jeder Atemzug aus ihrem Geruch. Dann wurde der Boden fester. Zersplitterte Muscheln schnitten mir durch die Socken in die Fußsohlen. Der Detektor piepte noch schneller. Ich gab mir Mühe, mit Pax Schritt zu halten, doch schließlich ließ er mich los. Ich taumelte zurück. Etwas später konnte ich Pax nur noch als gelben Punkt erkennen. Das Piepen wurde leiser und leiser. Ich gab es auf, ihn einzuholen.

Mir war klar, dass dies eigentlich ein passender Moment für Angst und Panik war. Ich stand alleine im Watt, ohne Karte und Kompass. Die Spiegelung der Wolken war gestochen scharf, sodass ich nicht mehr sagen konnte, wo das Watt aufhörte und der Himmel anfing. Aber ich spürte keine Angst. Im Gegenteil. Ich fühlte den Frieden, der darin lag, ganz alleine zu sein. Wie es mir ging – das hing jetzt ganz von mir ab. Ich war weit weg von Pax' Geschrei und Constanzes sinnlosen Versuchen, ihn zu beruhigen. Die Möwen lachten. Ich wickelte Constanzes Schal von meinem Hals und hielt ihn hoch in die Luft. Im Wind wehte er wie eine weiße Fahne. Ich ließ ihn los. Er flog mit den Möwen Richtung Land.

»Jolanda!«

Ich drehte mich um. Eine dunkle Gestalt kam auf mich zu.

Pax war schwarz von oben bis unten. Er musste gefallen sein.

»Wo in drei Teufels Namen warst du, Jolanda?«

Ich sah mich um. Zum Glück war niemand außer uns da.

»Ich konnte nicht so schnell.«

»Dann komm nicht mit, wenn du dem nicht gewachsen bist!«

Pax' Tränen liefen in dünnen Bahnen über die Schlickspritzer auf seinen Wangen. Sein Schluchzen mischte sich in das Lachen der Möwen. Dass Lachen und Weinen so ähnlich klingen, dachte ich, das ist eigentlich nicht richtig.

»Ich war ganz in der Nähe. Sie muss irgendwo da hinten liegen. Und wegen dir musste ich zurück!« Der Metalldetektor piepte nicht mehr.

Pax lief los in Richtung Land. Ich kam auch jetzt nicht hinterher, aber solange ich Pax noch sehen konnte, war mir das recht. Ich wollte nicht hören, wie er brüllte, dass ich eine Zuckerpuppe war, mit der man nichts anfangen konnte, dass, wenn er einmal, nur einmal eine Chance hatte, seine eigene Tochter sie ihm gleich zunichtemachte, dass es ihm reichte, dass er das nicht mehr lange mitmachen würde.

Nach ein paar Metern fand ich Constanzes Schal. Er lag auf dem Schlick wie eine eingetrocknete Qualle. Ohne Pax aus den Augen zu lassen, hob ich den Schal auf und steckte ihn in die Tasche meines Regenmantels.

An mir zog eine Gruppe von Wattwanderern vorbei. Alle, wirklich alle hatten sie gelbe Friesennerze an und trugen Metalldetektoren vor sich her. Ich stellte mir vor, mich ihnen einfach anzuschließen, einfach mitzulaufen, eine gelbe Gestalt mehr oder weniger würde wohl kaum auffallen. Aber zum Schluss würde ich ja doch wieder zu Hause landen. Constanze hatte recht. Man musste vernünftig sein. Ich sah mir die gelben Gestalten an. Sie hielten ihre Metalldetektoren genauso über das Watt, wie ich es bei Pax gesehen hatte: Vorsichtig, fast andächtig, ganz in sich versunken. Ob sie auch die Jolande suchten? Ich bekam einen Schreck. Nicht, dass sie das Wrack vor Pax fanden! Dann war ich schuld, weil Pax meinetwegen hatte umdrehen müssen. Ich rannte los in Richtung Land, in Richtung Pax.

Er wartete am Strand auf mich. In den Händen hielt er zwei Eistüten. Balla. Das mit der Kugel Kaugummi unten drin.

»Das magst du doch so gerne«, sagte Pax. Seine Stimme hatte den hohen, unsicheren Klang, den sie immer dann annahm, wenn er vorher geschrien hatte. Ich beschloss, ihm erst später von der Schatzsucherkonkurrenz zu erzählen.

Obwohl mir eigentlich viel zu kalt war für Eis, schmeckte es mir gut.

»Ich muss dir was sagen.«

So sprach Pax sonst nie zu mir. Seine Stimme klang ernst, aber ruhig. Das Eis tat mir an den Zähnen weh.

»Ich werde leider an deinem Geburtstag nicht zu Hause sein. Ich muss wegfahren.«

Mein Herz machte einen Sprung, und ich spürte voller Schuld, dass es das aus Freude tat. Schnell hielt ich mir das Eis so vor das Gesicht, dass Pax meine Mundwinkel nicht sehen konnte. Doch das war unnötig, Pax schaute aufs Meer. »Aber es ist doch Schule«, sagte ich, um meine Begeisterung hinter einem Einwand zu verbergen. Pax unterrichtete damals Kunst und Sachunterricht an meiner Grundschule, daher wusste ich immer genau, wann er Ferien hatte.

»Ich habe Sonderurlaub bekommen«, flüsterte Pax, »für eine Fortbildung. Eigentlich ist es geheim, um was für eine Fortbildung es sich handelt. Aber dir verrate ich es. Du darfst es nur nicht weitererzählen, versprochen?«

»Versprochen«, sagte ich, ohne lange nachzudenken.

Pax beugte sich zu mir herunter. »Ich fahre auf einen Schatzsucherkongress.«

Weil mir keine andere Reaktion einfiel, lachte ich.

Pax richtete sich auf. »Glaubst du mir nicht?«

Ich hörte auf zu lachen.

»Was machst du denn auf dem Schatzsucherkongress?«

Pax lächelte. »Ich lerne neue Schatzsuchertechniken. Damit ich die Jolande endlich finde. Und ich tausche mich mit anderen Schatzsuchern aus.«

Das leuchtete mir ein. Constanze fuhr öfter auf Psychologenkongresse, auf denen sie sich mit anderen Psychologen austauschte. Ich sah Pax vor mir, wie er mit vielen gelben Friesennerzleuten in einem Raum saß und einem Vortrag lauschte, der von einem Mann gehalten wurde, der vorne stand und ebenfalls einen gelben Friesennerz trug. Ich war beruhigt. Pax schien die anderen Schatzsucher nicht als Konkurrenz zu fürchten.

»Willst du?« Pax hielt mir seine Kaugummikugel hin. Die rote Zuckerhülle war vom Eis aufgelöst und klebte an den Fingern. Ich steckte die Kugel schnell in den Mund.

»Dann wollen wir mal«, sagte Pax.

Zusammen mit der leeren Eispackung schmiss ich Constanzes verkrusteten Seidenschal in den Mülleimer.

»Schwarz, schwarz, schwarz sind alle meine Kleider«, sangen wir Constanze zu Hause vor, »weil mein Schatz in Schlick gefallen ist.«

Constanze lachte.

## 8.

Ruben und Rubens Vater sind weg.

Das Krankenhausbett füllt das Fremdenzimmer Nummer drei.

Lilli schaut das Foto der Jolande an. Auf dem Wrack sitzen Pax und Constanze und lächeln. Pax ist viel dünner, als ich ihn kenne, schmal geradezu, und die Haut in seinem Gesicht sieht weich aus. Besonders am Kinn. Constanze hat ihr langes Haar zu einem Zopf geflochten, der über ihre Schulter herabhängt. Hellblond war sie damals, vielleicht von der Sonne. Ihre braunen Augen wirken im Kontrast besonders dunkel. Die beiden sehen so jung aus, dass es schwerfällt, sie für unsere Eltern zu halten. Andererseits ist doch alles schon zu sehen: Pax' angespanntes Lächeln, das so wirkt, als würde es etwas Furchtbares, Dunkles hinter den zusammengepressten Lippen zurückhalten. Und Constanzes warmer und doch distanzierter Blick; ohne entrückt zu wirken, ruht sie so sehr in sich selbst, dass sie eine eigene Klasse zu bilden scheint, uneinholbar und unerreichbar.

»Kannst du den Schlickmergel auf dem Bild sehen?«, fragt Lilli. Ihre Schultern zucken.

»Da sitzt kein Geist, das hat Papa doch nur behauptet, um uns zu veräppeln.«

»Sicher?«

»Da ist kein Geist, Lilli.«

Die Matratze steht aufrecht an der Bettkante, als wäre sie im Absprung erstarrt. Welcher Knopf ist der richtige zum Herunterlassen? Der mit der flachen Rückenlehne drauf? Oder der mit dem langen Strich? Ich weiß es nicht mehr. Der mit den drei Punkten? Der links oben? Oder doch der rechts unten?

Die Matratze führt einen wilden, summenden Tanz auf, sie ruckt und zuckt wie unter Schmerzen.

Gibt es hier denn keine Stopptaste?

»Jolanda, was machst du?« Lilli nimmt mir die Fernbedienung aus der Hand und drückt darauf.

Die Matratze friert ein, bleibt stehen, grotesk verrenkt.

Lilli legt die Fernbedienung weg. »Fahren wir jetzt zu Hannah?« Sie holt ihren Ranzen aus der Ecke und setzt ihn auf.

»Lilli, wir können nicht fahren, Mama hat da was falsch verstanden oder vergessen oder so.«

Lilli hört nicht zu. Sie läuft raus. Ihre Schritte auf der Treppe: treppauf, Pause, treppab.

»Jolanda, ich warte an der Rezeption auf dich! Jolanda!«

Aber Lilli wartet gar nicht. Kaum bin ich an der Rezeption, setzt sie sich in Bewegung. Mit der Infanta auf dem Arm und dem Ranzen auf dem Rücken geht sie langsam, Schritt für Schritt zur Haustür. Das Stofftier trägt sie so vorsichtig, als wäre es aus Porzellan.

»Lilli, warte, ich muss dir was sagen!«

Lilli schreitet mit der Infanta durch den Flur wie bei einer Prozession.

»Lilli!«

Sie ist draußen.

Die Haustür hat sie offen gelassen. Durch die Tür gerahmt sieht die grüne Welt aus wie ein Gemälde. Du musst dir beim Zeichnen immer zuerst einen Rahmen suchen, hat Pax mir erklärt, den Ausschnitt von der Welt, den du abbilden willst.

Aber das ist kein Bild.

Es ist die Außenwelt.

Ich kann nicht rausgehen.

Wenn ich da draußen bin, wo ist dann das Außen?

Ich brauche ganz dringend ein Außen.

»Jolanda!« Lilli brüllt. »Komm jetzt!«

Die Brille. Ich muss die Brille mitnehmen, ich muss zu Constanze fahren und sie ihr zeigen. Die Brille ist der Beweis.

»Jolanda!«

»Moment, ich komme gleich, ich muss noch mal kurz was aus dem Wohnzimmer holen!«

»Nein! Wir müssen los!«

Die Treppe hoch. Wo ist die verdammte Brille?

»Jolanda, kooomm jeeeetzt!«

Die Brille ist nirgends zu sehen.

»Jolanda, du bist gemein, du sollst mich zu Hannah bringen! Das hat Mama gesagt!«

Und wenn ich sie gar nicht aus dem Krankenhaus

mitgebracht habe? Wenn die Krankenschwester sie mir nicht gegeben hat? Wenn die Brille auf Pax' Nase sitzt, auf der lebenden Nase vom lebenden Pax?

Nein.

Sie muss hier irgendwo sein.

Meine Zeichenmappe, Constanzes Wolldecke mit den roten Karos, Lillis türkisfarbener Turnbeutel.

Wo ist die Brille?

Auf dem Boden liegt verlassen Constanzes Nest aus Papieren.

»Jolanda! Ich geh gleich ohne dich los!«

»Ich komme ja, ich muss mich nur noch mal kurz setzen.«

»Nein, nicht hinsetzen! Runterkommen!«

Es ist schön, in dem Nest zu hocken. Es raschelt, wenn ich mit der Hand durch die Papiere fahre. Wie unterschiedlich Papier sein kann. Dünn und hart, weich und dick, strahlend weiß, grau oder gelblich. Eigentlich braucht man die Schrift darauf gar nicht, das Papier signalisiert schon selbst, ob es Grund zur Freude, zum Stolz oder zur Sorge gibt. Die Papiere rascheln mehrstimmig, jedes hat seine eigene Tonlage.

Und da, unter Pax' ungeöffneten Strafzetteln: Die Brille.

»Jolanda!«

»Ich komme!«

Die Treppe runter.

Stopp. Da ist er wieder. Der Türrahmenausschnitt der grünen Welt.

Ich will nicht raus.

»Jolanda! Ich komme zu spät zu Hannah! Komm! Jetzt!«

Es sind ja nur ein paar Schritte bis zum Auto. Und wenn ich im Auto sitze, dann bin ich drinnen, dann gibt es wieder ein Außen.

»Jolanda!«

Rennen.

Durch den Flur.

»Jolandaaaaaaaaaaaaaaaaa!«

Und durch die Tür.

Der Himmel legt sich schwer auf meinen Kopf. Ich muss mich ducken, es geht nicht anders.

Lilli sitzt schon mit der Infanta auf der Rückbank.

Tür auf, einsteigen, Tür zu.

Ausatmen.

Die Haustür steht noch offen. Aber ich kann nicht noch mal aus dem Auto steigen.

»Lilli, würdest du eben noch die Haustür zumachen?«

»Nein, ich muss jetzt zu Hannah.«

»Lilli, bitte!«

»Nein, keine Zeit. Wir müssen jetzt losfahren.«

Gut. Dann bleibt die Tür eben offen.

»Fahr jetzt endlich los!«

Also losfahren.

Den Blinker setzen. Tick-tick-tick-tick-tick. Feiner und sanfter und schneller als jede Uhr.

»Wieso blinkst du? Wie fahren doch geradeaus!«

»Ich finde das Blinkergeräusch so schön.«

»Blinken ohne Abbiegen ist bestimmt verboten.«

Gut. Dann eben nicht blinken.

Rechts grün der Deich, links grün die Felder. Kein Mensch zu sehen.

Was ist das im Nacken?

Ein Rüssel. Lilli streichelt mir vom Rücksitz mit dem Rüssel der Infanta den Hinterkopf.

»Ich hab dich lieb.«

»Ich dich auch, Lilli.«

»Ich hab eigentlich mit Elena Maria Isabel Dominica gesprochen.«

»Ach so.«

»Also, Elena Maria Isabel Dominica, wir fahren jetzt ans andere Ende der Insel. Das ist aber gar nicht sehr weit. Schau mal, die Häuser stehen auf Warften. Damit sie nicht überschwemmt werden. Früher gab es hier nämlich keinen Außendeich. Und die Straßen sind auf Deichen. Die kannst du auch hier auf der Karte sehen, die ich gezeichnet habe.«

»Welche von deinen Karten hast du denn dabei, Lilli?«

»Die Straßenkarte natürlich!«

»Natürlich.«

»Ja sollen wir uns hier etwa mit einer Klimakarte orientieren, oder was?«

»Ist ja gut, Lilli. Geht ja eh nur geradeaus.«

»Aber man muss trotzdem immer wissen, wo man ist.«

Lilli hat recht. Nach so vielen Jahren fühle ich mich hier immer noch orientierungslos. Vielleicht, weil die Insel kein Zentrum hat, keine Dörfer. Nur Ansammlungen von Häusern.

Die Möwen lachen.

»Mach mal das Fenster zu, Lilli.«

»Das geht nicht, die Infanta will ihren Rüssel raushalten. Sie mag den Fahrtwind. Schau mal, Elena Maria Isabel Dominica, diese schiefen Bäume da. Die wurden so lange vom Wind in eine Form gebogen, bis sie so geblieben sind. Man nennt sie Windflüchter. Aber eigentlich können sie gar nicht flüchten, weil sie mit ihren Wurzeln in der Erde feststecken. Du, Jolanda?«

»Ja?«

»Besuchst du Papa auf dem Weg zur Nulltagfeier noch im Krankenhaus?«

»Nein, Papa ist nicht im Krankenhaus, also jedenfalls nicht …«

»Du hast aber gesagt, er ist im Krankenhaus! Zu dem Mann mit dem Bett und dem Ruben!«

»Nein, so hab ich das nicht gesagt. Ich habe nur nicht gesagt, dass er nicht …«

Warum? Warum habe ich das gemacht?

Weil ich mir selbst nicht mehr sicher bin.

»Ach so, ist Papa gar nicht im Krankenhaus?«

»Doch, er …«

»Ist er ins Watt gegangen? Und das wolltest du dem Mann nicht sagen? Damit er nicht denkt, Papa ist verrückt?«

»Nein, Lilli, er …«

»Sollen wir Papa suchen gehen? Wir können Hannah und Birte ja kurz Bescheid sagen, dass ich später komme.«

»Nein, Lilli, Papa ist schon im Krankenhaus, nur …«

Stopp. Immer stehen plötzlich Urlauber am Zebrastreifen. Als würden sie sich aus einem Raumschiff herunterbeamen.

»Aua! Jetzt hat Elena Maria Isabel Dominica sich den Rüssel gestoßen!«

Lilli flüstert. »Arme Elena Maria Isabel Dominica! Aber bei Hannah kann ich dir gleich deinen Rüssel verbinden. Und vorher eine Salbe draufmachen. Dann tut's nicht mehr weh. Schau mal, die Urlauber da gehen einkaufen! Oder spazieren. Oder vielleicht doch einkaufen. Das weiß ich nicht genau.«

Immer flüstert Lilli mit der Infanta. Als hätten sie was vor mir zu verbergen.

»Wer flüstert, der lüstert, der lügt!«

»Ich lüge nicht! Ich weiß wirklich nicht, ob die einkaufen gehen!«

»Ist ja okay.«

»Na gut.«

Die Bremse lösen.

Und fahren.

Einfach geradeaus.

Nein, das stimmt nicht. Es geht nicht einfach nur geradeaus. Zwar gibt es keine Kurven oder Abbiegungen. Aber die Straße macht winzige Bögen, nach rechts und links, mal fällt sie auf der einen Seite stark ab, dann auf der anderen. Und sie ist schmal, so schmal, dass uns besser niemand entgegenkommen sollte.

»Lilli?«

»Ja?«

»Wir werden auch wieder einkaufen und spazieren gehen, so wie die Leute da draußen, das verspreche ich dir.«

»Das brauchst du mir nicht versprechen.«

Das *brauchst* du mir nicht versprechen oder das *kannst* du mir nicht versprechen?

»Jolanda?«

»Ja?«

»Sagst du Papa nachher, dass ich nicht mit ins Krankenhaus kommen konnte, weil ich bei Hannah schlafe?«

Schon wieder ein Zebrastreifen mit Urlaubern darauf. Sie schleppen schwer an ihren ausgebeulten grünen Leinenbeuteln. *Insel der Glückseligen,* steht darauf in weißen Buchstaben.

»Lilli – ich muss dir was sagen.«

»Was denn?«

»Wegen Papa.«

»Du kannst weiterfahren.«

»Lilli, wegen Papa.«

»Du musst da vorne links abbiegen. In ungefähr fünfundzwanzig Metern.«

»Ich weiß.«

Blinken, abbiegen und dann: Ein Schild. Weiße Striche auf blauem Grund: Ein Mann, ein Junge, ein Ball, ein Haus, eine Straße.

Spielstraße. Behördlich verordnete Idylle.

»Lilli, wegen Papa.«

»Du fährst zu schnell. Hier ist Schrittgeschwindigkeit.«

Umso besser. Je langsamer wir fahren, desto länger habe ich Lilli noch bei mir.

»Lilli, noch mal wegen Papa.«

»Jetzt sind wir da, Elena Maria Isabel Dominica. Das ist das Haus, in dem Hannah und Birte wohnen. Birte ist Hannahs Mutter und sie ist sehr nett.«

Das Haus ist heute noch stärker bewachsen als sonst, wie ein Dornröschenschloss, nur mit Efeu statt Rosen. Vielleicht sollte ich ein Schwert mitbringen, wenn ich Lilli wieder abhole. Oder zumindest eine Gartenschere.

»Lilli, wegen Papa.«

»Tschüss dann!«

»Nicht aufmachen, bevor ich halte! Lilli!«

Sie ist schon draußen.

Birte steht mit einem Glas Tee in der Haustür.

Lilli läuft los, den Ranzen in der einen Hand, den Rüssel der Infanta in der anderen. Elena Maria Isabel Dominicas Hintern schleift über den Boden.

»Lilli!«

Hört sie mich? Sie dreht sich nicht um.

»Lilli, Papa ist nicht im Watt unterwegs. Papa ist tot.«

Wer flüstert, der lüstert, der lügt.

Lilli läuft an Birte vorbei ins Haus.

Birte prostet mir mit ihrem Teeglas zu: »Tolles Kostüm! Viel Spaß bei der Nulltagfeier!«

Sie zieht die Haustür hinter sich und Lilli zu.

Vielleicht sollte ich aussteigen und hingehen und klingeln und Lilli sagen, dass unser Vater gestorben ist.

Vielleicht würde Birte mir einen Tee anbieten.

Vielleicht würde Birte mir glauben.

Der Efeu schließt sich über der Eingangstür zu einer dichten grünen Wand.

Zu spät.

Ich bin allein.

Kein Mensch in dieser verdammten Spielstraße.

Wozu gibt es eine Spielstraße, wenn keiner spielt?

Ich sollte ein Stück Kreide nehmen und Hüpfkästchen auf die Straße malen.

Ich sollte einen Stein nehmen, ihn werfen und hüpfen.

Ich sollte einen Stein nehmen und Birtes Fenster einschmeißen.

Nein.

Ich sollte ins Krankenhaus fahren und Pax zeichnen.

Ein letztes Mal.

So wie ich es versprochen habe.

Aber ich habe ja nichts dabei zum Zeichnen.

Doch.

Mein Block und meine Bleistifte sind im Kofferraum.

Es gibt keine Ausrede. Ich muss.

Und wenn er gar nicht tot ist?

Dann zeichne ich ihn trotzdem. Dann zeichne ich ihn erst recht. Dann zeichne ich ihn, bis der Block voll ist und die Bleistifte nur noch Stummel sind.

Also wenden.

Es ist komisch ohne Lilli im Auto. Ich kann blinken, so viel ich will, aber jetzt mag ich nicht mehr.

## 9.

Meinen neunten Geburtstag feierten Constanze und ich im Café des großen Möbelhauses im Gewerbegebiet vor der Stadt. Ich hatte mir das gewünscht, weil es so weniger auffiel, dass Pax nicht dabei war, und weil ich außerdem den Geruch der Möbel liebte. Alle Schränke, Stühle und Sessel hatten dort diesen Duft, den die Dinge verlieren, wenn man sie mit nach Hause nimmt. Ich schaute gerne durch die großen Scheiben des Cafés den Kunden zu, wie sie eine halbe Etage tiefer auf Betten probelagen, in Sesseln probesaßen und sich beratschlagten. Sie hatten ernste Gesichter, aber es war ein fröhlicher Ernst; sie mussten sich entscheiden, aber nur zwischen etwas Schönem und etwas noch Schönerem.

Constanze hatte ein Teelicht dabei, das sie auf dem Tisch zwischen den Tellern und Tassen platzierte. Ich trank einen Kakao und Constanze einen Pharisäer. Dazu bestellten wir Friesentorte. Mit Begeisterung arbeitete ich mich durch die Schichten von Mürbeteig, Sahne, Pflaumenmus und Blätterteig. Constanze schüttelte den Kopf. »Wer das erfunden hat«, sagte sie, »wollte alles Gute auf einmal.«

Ich konnte den Friesentortenerfinder verstehen.

»Schau mal, die da unten«, sagte Constanze. Durch die Scheibe sah man im Verkaufsraum eine Frau und einen Mann auf einem Bett aus Kiefernholz probeliegen. Der Mann war so dick, dass sich auf seiner Seite eine Kuhle zu bilden schien. Die Frau kullerte zu ihm herüber. »Die brauchen getrennte Matratzen«, kommentierte Constanze. Unten legte der Mann den Arm um die Frau. Es gefiel mir, wie sie zusammen lachten. Vielleicht, dachte ich, brauchen die doch keine getrennten Matratzen.

Beim Abräumen entdeckte der Kellner das Teelicht auf unserem Tisch. Constanze erklärte ihm, dass ich Geburtstag hatte und neun Jahre alt wurde. Er gratulierte mir mit ernstem Gesicht und drückte mir sogar die Hand. »Neun Jahre«, sagte er. »So groß schon. Und da feiern die Damen hier schön, was? Nur der Papa muss arbeiten gehen und das Geld verdienen.«

»Mein Vater ist auf einer Fortbildung«, erklärte ich ihm.

Constanze stieß mich unter dem Tisch an.

»Das musst du dem doch nicht auf die Nase binden«, flüsterte sie, als der Kellner weg war.

»Warum denn, was ist denn so schlimm daran?«

»Nichts, aber es geht ihn doch einfach nichts an. Du brauchst nicht immer allen gleich alles erzählen, Jolanda.«

»Mama?«

»Ja?«

»Warum will Papa die Jolande unbedingt finden? Ist ein Schatz darin versteckt?«

Constanze schaute lange durch die Scheibe in den Verkaufsraum hinunter. »Er will sie noch mal zeichnen, denke ich.«

»Ja, aber warum?«

»Ich glaube, er findet die Geschichte so schön«, sagte sie. »Wie die Besatzung der Jolande aus größter Not gerettet wurde.«

Constanze sah mich immer noch nicht an.

»Bist du sicher?«, hakte ich nach.

Constanze drehte sich zu mir um.

»Nein«, sagte sie.

## 10.

Die Fahnen am Tiefseeanleger wehen so stolz, als hätten sie Wichtigeres zu verkünden als *Jever* und *Langnese*.

Es sind nur vier Autos vor mir. Touristen auf Fahrrädern. Und eine Frau im Brautkleid, zu Fuß. Eingerahmt von Rüschen und Schleifchen und Spitzen. Der Wind bauscht ihr Kleid und zerrt an ihrer Hochsteckfrisur. Die Braut lacht, sie hält mit der einen Hand ihr Kleid und mit der anderen ihren Brautstrauß fest.

Da kommt die Fähre: ein Stückchen Straße, das auf dem Meer hin- und herschwimmt. Das sich für keine Seite entscheiden kann.

Die Braut läuft als Erste drauf, gegen den Strom der Radler, die von der Fähre abfahren. Sie klingeln sie an, aber die Frau scheint das gar nicht zu hören.

Die Autos fahren ab, mit Fahrrädern auf den Dächern und fröhlichen Gesichtern hinter den Scheiben.

Jetzt bin ich dran.

Der Kontrolleur will meine Fahrkarte nicht sehen. Er winkt mich durch. »Alles schick?«

Nicken. Kinn nach oben, Kinn nach unten. Wie einfach das ist.

Und den Motor aus.

Aber die Möwen lassen sich nicht so leicht täuschen. Sie schreien in einem fort: Alles schick? Alles schick? Alles schick? Das Fenster zu. Ich höre sie trotzdem. Alles schick? Alles schick? Alles schick?

Ja, verdammt noch mal, alles schick! Danke der Nachfrage.

Es fühlt sich nur so an, als würde man keine Luft bekommen.

Die Möwen hyperventilieren ihre Schreie in den Himmel.

Nicht drauf reinfallen. Nicht mit ihnen atmen.

Genau damit hat es angefangen, als ich im Oktober hier umgekippt bin. An dem Tag, nachdem Pax aus dem Bett gefallen ist und ich ihn nicht wieder hineinbekommen habe. Constanze hatte Lilli zur Schule gebracht und war zur Arbeit gefahren. Ich rief sie an, aber Constanze musste zu einer Sitzung mit einer Patientin. »Es tut mir so leid, Jolanda«, hat sie gesagt, »ich kann hier einfach nicht weg.«

»Jolanda!«, rief Pax. Ich musste ihm eine Flasche bringen, damit er Pipi machen konnte. *Pipi machen*, das hat Pax wirklich gesagt, in einem Tonfall, als wäre ich ein Kind. Und ich habe das Wort dankbar übernommen, weil wir sonst nur die Wahl zwischen *urinieren*, *Wasser lassen* und *pissen* hatten. Jedes einzelne dieser Wörter hätte auf seine Weise die Situation noch unerträglicher gemacht. Während Pax in die Flasche machte, wartete ich draußen. »Fertig!«, rief er nach einer Weile. Die Flasche war randvoll und ekelhaft warm, ich musste mich überwinden, sie ins Bad zu tragen und auszuleeren.

Und dann, als ich wiederkam, wollte Pax, dass ich ihn zeichne. Ich habe Block und Bleistift geholt und skizziert: Den hochgerutschten Schlafanzug, den bleichen Bauch, der sich darunter hervorhob, die roten Linien darauf. Pax lag unruhig. Nach drei Minuten sagte er: »Hol den Krankenwagen.«

Es dauerte lange, bis der Krankenwagen da war, denn auf die Frage der Frau am Telefon, ob es sich um einen Notfall handele, hatte ich mit Nein geantwortet. Also kam der Krankenwagen mit der Fähre vom Festland. Die Sanitäter sagten »Moin!«, hoben Pax auf, ganz leicht, setzten ihn in den Tragestuhl und trugen ihn hinaus. Obwohl es eigentlich egal war, machte es mich froh zu sehen, wie Pax aufrecht sitzend aus dem Haus getragen wurde. Er thronte in dem Stuhl, würdevoll wie ein Buddha. Wie so oft, wenn die Entscheidung gefallen war, dass er ins Krankenhaus musste, war er in aufgeräumter, ruhiger Stimmung. Auf dem Weg von unserem Haus zum Krankenwagen ging ich neben ihm. Aber ich durfte nicht mit hinein, *aus versicherungstechnischen Gründen*, ich musste mit dem Auto hinterherfahren.

Auf der Fähre kam ich direkt hinter dem Krankenwagen zu stehen. Ich saß im Auto und schaute auf die milchigen Heckscheiben vor mir, durch die ich Pax nicht erkennen konnte. Ich winkte ihm trotzdem und stellte mir vor, wie Pax hinter den Scheiben in seinem Tragestuhl saß und zurückwinkte.

Dann ging es los.

Ich hörte das Schreien der Möwen und geriet in ihren Rhythmus, begann, mit ihren Schreien zu atmen. Aber da kam keine Luft. Ich musste mehr atmen, doch je mehr ich atmete, desto weniger Sauerstoff schien ich zu bekommen. Es war wie in einem Märchen, in dem der Gierige zum Schluss gar nichts hat. Meine Hände fingen an zu kribbeln, immer stärker, die Finger krampften sich so zusammen, dass ich gerade noch die Autotür aufbekam. Ich klopfte an die Tür des silbernen Wagens neben mir, ich atmete schneller und schneller, und obwohl die Welt vor mir immer mehr versank, nahm ich die Abwehr in dem Gesicht hinter der Scheibe wahr. Doch dem Mann blieb nichts anderes übrig, er stieg aus. Er sagte: »Nehmen zu viele Drogen, die jungen Leute«; er sagte: »Ist ja ein Krankenwagen hier, können die sich gleich kümmern.«

»Nein«, keuchte ich, aber der Mann schlug schon gegen die milchigen Scheiben. Die Türen öffneten sich. Dahinter saß Pax. »Jolanda?«, sagte er, »Jolanda?« Es war kein besorgtes *Jolanda*, auch kein erschrockenes. Pax klang – irritiert. Als würde ich seine Fahrt ins Krankenhaus stören, als wollte ich ihm seinen Platz im Krankenwagen streitig machen.

Die Sanitäter legten mich auf eine Trage neben Pax' Stuhl und gaben mir eine Papiertüte zum Reinatmen. Pax schaute konzentriert geradeaus, als könnte er durch das blinde Glas etwas sehen.

»Es fühlt sich nur so an, als würde man keine Luft

bekommen. Tatsächlich bekommen Sie zu *viel* Sauerstoff.« Der Sanitäter lächelte, er schien zu erwarten, dass ich von der Liege aufspringen, mir auf die Stirn hauen und rufen würde: »Ach so, zu *viel* Sauerstoff! Ja, wenn ich das gewusst hätte!«

Aber zu viel Sauerstoff ist genauso bedrohlich wie zu wenig.

Und trotzdem bin ich damals mehr oder weniger aufgesprungen, sobald mein Atem sich einigermaßen beruhigt und meine Hände sich entspannt hatten. Weil ich es nicht ertragen konnte, länger mit Pax im Krankenwagen zu sein. Weil ich das Auto von der Fähre fahren musste.

»Bis nachher«, sagte Pax.

Auch jetzt kribbeln meine Hände wieder.

Das Lenkrad festhalten.

Langsam atmen. Flach atmen. In meiner Tasche ist eine Papiertüte, für alle Fälle.

Am besten, ich lenke mich ab.

Vielleicht wenn ich rausschaue.

Da steht die Braut, mit dem Rücken an die Reling gelehnt. Der Wind greift ihr Kleid und bauscht es hoch. Sie trägt Strümpfe aus weißer Spitze und blaue Strumpfhalter.

Ihr Ausschnitt hebt und senkt sich. Sie atmet ganz ruhig.

Ich sollte mir ein Beispiel an ihr nehmen.

Aber die muss auch nicht ins Krankenhaus, um Pax zu zeichnen.

Pax zu zeichnen: Das war immer, als würde das Wildschwein dem Jäger Ratschläge zur Schusstechnik erteilen. Der Strich ist zu hart, Jolanda, versuch einen weichen, suchenden Strich! Du zeichnest schon wieder, als wüsstest du schon alles! Schau hin, verdammt noch mal, schau hin! Sonst wird das nichts! Aber wenn ich dann hinsah, dann wand Pax sich so unter meinem Blick, dass ich schnell wieder auf mein Blatt geschaut habe. Sonst kann man Leute beim Porträtzeichnen länger und genauer ansehen. Bei Pax war es umgekehrt. Er war beim Zeichnen besonders empfindlich gegen meinen Blick. Wenn er es gar nicht ertragen konnte, nahm er mir den Bleistift und den Block aus den Händen und zeichnete selbst weiter. Wie Pax in seinem Krankenhausbett mit der Hand, in der eine Kanüle steckte, eine Hand gezeichnet hat, in der eine Kanüle steckte, das wäre es wiederum wert gewesen, festzuhalten.

Aber wenn Pax mir Block und Bleistift zurückgab, war das Blatt jedes Mal voll.

Die Braut wendet sich ab und schaut zum Meer.

Hinter mir Hupen. Die Fähre hat angelegt, die Autos vor mir sind weg.

Der Wagen würgt.

Noch mehr Hupen.

Noch mal anlassen.

»Alles schick«, brüllt der Kontrolleur.

Es klingt wie ein Befehl.

## 11.

Ein paar Wochen nach Pax' Rückkehr vom Schatzsucherkongress fuhren wir wieder auf die Insel. Dieses Mal kam Constanze mit, denn wir wollten uns ein Haus ansehen, dass Pax im Immobilienteil einer seiner Schiffszeitschriften entdeckt hatte: Ein ehemaliger Bauernhof, der von den letzten Besitzern zu einer Pension umgebaut worden war.

Auf der Fahrt hielt Pax kaum das Lenkrad fest, so begeistert schilderte er uns mit beiden Händen alles, was er mit dem Haus vorhatte. Er wollte die Gästezimmer thematisch gestalten, jedes sollte einen Moment aus der Geschichte der Jolande darstellen: Ihre Jungfernfahrt bei strahlendem Sonnenschein, den Heiligabend, an dem sie in den furchtbaren Sturm geraten war, und schließlich die Rettung der Besatzung aus Schnee und Eis auf die sichere Hallig. »Das wird ein Abenteuerhotel«, sagte Pax und breitete die Arme aus. Der Wagen machte bei Tempo achtzig einen Schlenker in Richtung Straßengraben. »Pax«, murmelte Constanze, »bitte!« Obwohl mir die Schlangenlinien Angst machten, hätte ich mich gerne auf der Rückbank vorgebeugt, um Constanze von hinten den Mund zuzuhalten. Sie war kurz davor, Pax' gute Stimmung zu zerstören, das spürte ich deutlich. Ich begnügte mich damit, Constanze leicht in den Rücken zu treten. Leider verstand sie dieses Zeichen nicht, obwohl sie es oft selbst bei Pax anwendete, wenn er peinliche Sachen sagte oder zu lange redete.

»Pax«, sagte sie jetzt wieder, »Hände ans Lenkrad, ich bitte dich!«

Ich hielt mir schnell die Ohren zu, ich wollte nicht in voller Lautstärke hören, wie Pax gleich »ja, verdammt noch mal!« schrie. Ich drückte so fest, dass ein Unterdruck entstand, der meine Trommelfelle in meine Handflächen zu saugen schien. Ich sah Pax und Constanze wie in einem Stummfilm agieren: Er hob die Hände schon wieder vom Lenkrad, in einer Geste, als würde jemand eine Waffe auf ihn richten, oder doch nicht, nein, triumphierend, so wie die anderen Kinder, wenn sie damit angaben, wie gut sie freihändig Fahrrad fahren konnten. Constanze wandte sich ab, der Wagen schlingerte nach rechts, Constanze griff ins Steuer und riss uns zurück in die Spur. Ich wurde hin und hergeworfen, der Gurt hielt mich fest, ich erhöhte den Druck meiner Hände auf die Ohren, denn ich wusste, dass es Pax noch wütender machen würde, dass Constanze recht gehabt hatte. Mein Blut grummelte in meinen Ohren. Pax schlug Constanzes Hand vom Lenkrad weg. Ich sah, wie die Muskeln in seinem Nacken sich anspannten. Sein Mund ging auf und zu. Schrie er schon? Sein Kopf war dunkelrot.

Für einen Moment war ich versucht, die Hände von

den Ohren zu nehmen; die Unsicherheit, ob er schrie oder nicht, schien mir schlimmer, als es einfach zu wissen. Aber mir fehlte der Mut. Ich wollte nur eins: Raus aus diesem Auto. Ich streifte meinen rechten Schuh ab, zog das Bein an und hebelte meine große Zehe unter den Türgriff. Vorsichtig zog ich ihn in meine Richtung, noch unentschlossen, was ich damit eigentlich erreichen wollte. Der Wagen machte eine plötzliche Kurve nach links und nahm mir die Entscheidung ab. Die Tür flog auf, ein Windstoß ging durch das Wageninnere, es riss mich nach draußen, der Gurt hielt mich mit einem groben Ruck zurück.

»Jolanda!«, schrie Constanze, Pax bremste, es quietschte lange, wir kamen zum Stehen. Hinter uns wurde gehupt, Autos überholten uns, Pax ließ den Wagen langsam an den Rand rollen, sodass wir schließlich schief im Straßengraben standen. Meine Tür hing offen; ich kam nicht mehr heran. »Jolanda«, zischte Constanze, »spinnst du?« Sie löste ihren Gurt und drehte sich zu mir. »Du bist doch kein Kind mehr, das so einen Unsinn macht!« Auch Pax wandte sich um. Alle Anspannung war aus seinem Gesicht verschwunden. »Wolltest du wieder ein Bonbonpapier in der Tür versenken?«, fragte er lachend. Ich nickte. Natürlich, das war es. Das hatte ich tun wollen. Bei unserem Wagen entstand, wenn man den Türgriff zog, ein Spalt, der ins Innere der Tür führte. Diesen Spalt nutzte ich gerne, um kleine Abfälle wie Bonbon- und Kaugummipapiere darin zu versenken. Manchmal auch die Bon-

bons und Kaugummis selbst, aber das wussten Pax und Constanze nicht.

»Ach, Jolanda.« Constanze drehte sich zurück. »Ich dachte, mit neun wärst du schon vernünftig genug. Nachher mache ich die Kindersicherung wieder rein.«

Pax ließ den Wagen an, blinkte und fuhr langsam zurück auf die Straße. Als das Auto wieder gerade stand, kam ich an meine Autotür und zog sie zu.

Kaum waren wir auf der Insel angekommen, fing es an zu regnen. Aber es war nicht nur das Wetter, das mir die Insel ganz anders erscheinen ließ als bei unserem ersten Besuch. Ich sah sie jetzt in dem Bewusstsein, dass wir hier vielleicht leben würden. Dass sie mein Zuhause werden sollte. Ich spürte ein Kribbeln im Bauch, das ich bei allem Neuen bekam.

»Mit eigenem Deichzugang!«, rief Pax, als wir ausstiegen. Das Haus war aus rotem Backstein und hatte weiße Fensterrahmen. Es war keines der gemütlichen Häuser, an denen wir vorbeigekommen waren, sondern wirkte mit seinen nüchternen Linien abweisend. Die schmalen Kunststoffrahmen, die nicht von Fensterläden eingerahmt wurden, ließen die Fenster aussehen wie wimpernlose Augen.

Vor dem Haus stand der Makler. Er war weißblond. Sein Gesicht hatte die rötliche Farbe, die nur Sonne und Wind zusammen hinbekommen. Auch er schien keine Wimpern zu haben. »Herzlich willkommen«, sagte er, und: »Dann wollen wir mal!«

Aber ich wollte eigentlich nicht. Plötzlich hatte ich einen großen Widerwillen, in dieses Haus zu gehen. Vor der offenen Tür blieb ich stehen. Constanze, die hinter mir ging, gab mir einen sanften Schubs. Ich stolperte über die Schwelle.

Was mir zuerst auffiel, war der Geruch. Es roch nach Pension, nach Frühstück im Hotel, nach Gästezimmern. Der Geruch gefiel mir.

»Sie können das natürlich alles nach ihren Wünschen umgestalten«, sagte der Makler. »Vieles ist nicht mehr ganz zeitgemäß.« Er zeigte uns den Rezeptionstresen, hinter dem ein Holzbrett aufgehängt war, an dem drei Schlüssel mit großen, matt glänzenden Anhängern baumelten. Hinter dem Tresen stand eine alte Schreibmaschine.

»Es gibt drei Fremdenzimmer«, erklärte der Makler.

*Fremden*zimmer. Das gefiel mir besser als *Gäste*zimmer. Ich freute mich darauf, dass Fremde bei uns wohnen würden. Ganz normale Leute.

»Wo ist denn Ihr Mann hin?«, fragte der Makler.

Constanze sah sich um, als würde Pax sich irgendwo verstecken. »Ich glaube, er ist schon mal vorgegangen.«

Wir fanden Pax im Flur mit den Fremdenzimmern. Er lief aufgeregt von einem ins andere, er maß mit den Armen aus, er machte sich Notizen in sein Skizzenbuch. Ich fragte mich, was Pax in diesen Zimmern sah. Sie waren spärlich eingerichtet, alle hatten ein Holzbett, einen kleinen Tisch mit zwei Stühlen und ein

Waschbecken. Die geblümte Tapete hing in feuchten Fetzen von den Wänden. Durch die Fenster sah man auf eine grüne Wand: Den Deich.

»Ja, das Haus ist ein Rohdiamant«, sagte der Makler. »Ein Schnäppchen. Da werden Sie viel Freude dran haben. Da können Sie sich so richtig austoben.«

Er zeigte uns das obere Stockwerk, in dem sich die Wohnung der Eigentümer befand. Sie war leer, die Leute schon ausgezogen. »Die Besitzer kamen auch vom Festland, die sind jetzt zurückgegangen.« Der Makler zuckte die Achseln. »Für die Insel muss man eben gemacht sein.« Durch die Fenster sah man über den Deich das Meer. »Man könnte das natürlich auch tauschen«, erklärte er, »und die Fremdenzimmer nach hier oben verlegen. Dann könnten Sie in Ihre Anzeige schreiben: Mit *Wattenmeerblick*. So wie es jetzt ist, können Sie es nur mit *Deichblick* bewerben, und da haben wir hier manchmal Ärger mit. Weil die Urlauber nicht kapieren, dass das heißt: Blick *auf* den Deich und nicht Blick *über* den Deich. Wegen denen dürften wir hier gar keine Deiche haben, aber dann saufen wir ab. Na ja, Hauptsache, die kriegen ihren *Wattenmeerblick*. Die Leute vom Festland sind eben verrückt auf die See.« Er sagte *Festland*, als würde es sich dabei um einen eigenen Staat handeln.

Pax schüttelte den Kopf. »Nein, nein. Den Wattenmeerblick wollen wir schon selber behalten.«

Der Makler lachte: »Habe ich mir gedacht.«

Ich ärgerte mich, dass Pax sich als blöder Festländer verriet, der wild aufs Meer war.

Der Makler zeigte zum Fenster. »Ein eigener Deichzugang gehört ja auch zum Haus«, sagte er, »da kommen Sie direkt ran. Sehen Sie die Tür da an dem Zaun zum Deich? Das ist ihr Eingang.«

Pax' Augen leuchteten.

Alle schauten wir raus, zur See, die das Watt gerade von einer weiten Fläche in kleine Sandinseln verwandelte. »Auflaufendes Wasser«, kommentierte der Makler. »Die Flut kommt.«

Das Haus knackte und knarrte.

»Oh, das ist der Schlickmergel, der Wattgeist«, raunte der Makler. »Der läuft manchmal rüber und besucht uns auf der Insel.« Er lachte.

»Schlickmergel, wirklich?«, fragte Pax.

Der Makler lachte noch mehr. »Aber klar doch! Der ist ständig unterwegs hier in der Gegend, und manchmal kommt er eben auch zu uns!«

Draußen heulte der Wind.

»Jetzt macht er wieder Sturm, der alte Schlickser. Der mag es nicht, wenn man über ihn redet.«

Pax sah aus dem Fenster, nicht suchend, sondern mit einem fokussierten Blick, als würde er zuschauen, wie der Geist übers Watt huschte. Ich war sicher, dass er den Schlickmergel sehen konnte.

Constanze hustete. »Bitte machen Sie dem Kind doch keine Angst«. Es dauerte einen Moment, bis ich verstand, dass mit dem *Kind* ich gemeint war.

»Das ist natürlich nur 'ne Geschichte«, sagte der Makler.

Pax stand am Fenster und sah hinaus.

Dann drehte er sich zu uns um. »Sagen Sie mal, wäre es vielleicht möglich, dass ich für die Nacht hierbleibe? Zum Probewohnen sozusagen.«

Constanze hustete.

»Hm«, sagte der Makler, »ja, das ist an für sich kein Problem. Ich kann Ihnen den Zweitschlüssel geben.«

Ich zog Constanze am Ärmel und flüsterte. »Bitte sag Papa, dass er das nicht machen soll.«

»Warum soll Pax denn nicht hier schlafen, Jolanda?«, fragte sie laut.

»Weil er nicht soll! Bitte schlaf nicht hier, Papa! Bitte!«

Der Makler lächelte mich an. »Dein Papa ist doch nur eine Nacht weg.«

Pax strich mir über den Kopf. »Morgen komme ich doch schon wieder nach Hause, Jolanda.«

»Bitte, bitte nicht! Bitte komm mit uns!«

Ich wartete, bis der Makler Pax den Schlüssel gegeben und die Tür hinter sich zugezogen hatte, dann fing ich an zu weinen.

Constanze nahm mich in den Arm. »Ach, Jolanda. Das steht doch nun wirklich in keinem Verhältnis zum Anlass.«

Ich hörte auf zu weinen.

Pax fuhr noch mit zum Tiefseeanleger. Die Fähre war gerade weg.

Wir waren der erste Wagen auf der Wartespur. Durch die Windschutzscheibe sah man das Meer. Das Wasser war aufgewühlt. Ich dachte daran, wie Pax geschaut hatte, als der Makler von diesem Schlickmergel sprach. Weder amüsiert noch erschrocken. Sondern als würde er von einem lang verschollenen Freund hören. Ich fragte mich, ob Pax den Schlickmergel auch jetzt über die Wellen hüpfen sah.

»Das wäre schon eine ganz schön lange Fahrt zur Arbeit für mich«, sagte Constanze. »Inklusive Fähre fast eineinhalb Stunden. Und abends das Ganze wieder zurück. Jolanda müsste die Schule wechseln, das ist auch nicht optimal vor Abschluss der Grundschule. Und eine weiterführende Schule gibt es hier gar nicht. Da müsste Jolanda nach einem Jahr schon aufs Festland pendeln.«

Pax antwortete nicht. Er hatte sein Skizzenbuch herausgeholt und zeichnete.

Hinter uns hielt ein Tiertransporter, in dem die Kühe laut und kehlig muhten. Es klang wie menschliches Stöhnen.

»Aber den Namen müssen wir ändern«, sagte Pax plötzlich, »langweiliger als *Pension Seestern* geht es ja kaum. Wie findet ihr *Pension Jolande*?«

»Genauso langweilig wie *Pension Seestern*, ehrlich gesagt«, sagte Constanze.

»Wie wäre es mit *Pension Schlickmergel*?«, murmelte ich.

Pax lachte. »Schlickmergel? Das ist doch nur was für abergläubische Einheimische, Jolanda.«

## 12.

In der gläsernen Krankenhausdrehtür begrüßt mich meine Reflexion: ein transparenter Gartenzwerg mit einem Zeichenblock unterm Arm, ein lebensgroßes buntes Fensterbild, das kein Lächeln zustande bringt. Eine Fehlproduktion.

O nein, ich habe zu lange geschaut, den Absprung verpasst, die Tür dreht sich weiter, ich muss noch eine Runde mit. Das ist eine von diesen Drehtüren, die sich von alleine drehen, die jedem ihr Schneckentempo aufdrängen, die keine Hilfe annehmen, die man nicht berühren darf, sonst bleiben sie stehen und man ist in ihnen gefangen. Und auch wenn man die Tür nicht berührt und sie nicht stehen bleibt, gibt es doch immer einen Moment zwischen draußen und drinnen, in dem die Tür keinen Ausgang hat, in dem man in sein Drehtürviertel gesperrt ist. In diesem Moment ist es besonders verführerisch, die Tür zu schieben, sie zur Eile zu zwingen, aber wenn man schiebt …

… dann bleibt sie stehen. Dann steckt man fest. Dann muss man warten, bis die Tür aus ihrer beleidigten Starre erwacht und sich weiterdreht.

Jetzt.

Zu spät.

Noch eine Runde.

Es ist gar nicht so leicht, den Schritt aus der Tür im richtigen Moment zu machen. Man darf nicht darüber nachdenken, nicht zögern.

Und noch eine Runde.

»Das ist kein Kinderspielplatz hier.«

Das hat der Mann gesagt, dieser da, der im gegenüberliegenden Viertel der Drehtür trabt.

Das ist kein Kinderspielplatz.

Nein, das ist es wirklich nicht. Wenn das hier etwas nicht ist, dann ein Kinderspielplatz.

Jetzt hat die Tür den Mann nach draußen entlassen.

Noch eine Runde, dann gehe ich rein. Wirklich. Nur noch eine Runde.

Gleich kommt der Moment, ich muss mich fertig machen, den Schritt noch besser dem Tempo der Tür anpassen, weder vorne noch hinten anecken, und dann:

Raus.

Leider habe ich keinen Drehwurm.

Alles noch da. Der graue Gummiboden, die roten Türrahmen, die grünen Gummibäume. Die Cafeteria, in der jedes Gericht nach Desinfektionsmitteln schmeckt. *Mit frisch-herber Desinfektionsmittelnote*, so hat Pax das genannt.

Pax. Deshalb bin ich hier.

Der Mann an der Information schaut kaum aus seinem Buch auf. Er hat halblange wirre Haare, die seine weiße Krankenhauskluft wirken lassen wie eine Verkleidung.

»Guten Tag, ich wüsste gerne, ob mein Vater noch im…«

Dieses Wort.

»Ob er noch im Abschiedszimmer liegt.«

Der Mann sieht in sein Buch. Es hat einen schwarzen Einband.

»Wie ist der Name?« Er spricht leise, mit geringstmöglichem Aufwand.

»Jellerich.«

Er lenkt seinen Blick direkt vom Buch auf den Computerbildschirm und tippt. Mit zwei Fingern.

»Jellerich, Pax?«

»Ja.«

»Ist schon im Kühlraum.«

»Wie: im Kühlraum?«

Jetzt sieht er mich an. Er hat einen unfokussierten Blick, der über die Kante seiner randlosen Brille quillt, ohne bei mir anzukommen. *Geist*, steht auf seinem Namensschild.

Ich finde es passend, dass hier ein Geist an der Rezeption sitzt. Der kann beide verstehen: die Lebenden und die Toten.

»Herr Jellerich ist im Leichenkühlraum.« Er sagt das, als würde Pax im Leichenkühlraum in einem Campingstuhl sitzen und lesen. Wegen des angenehmen Klimas.

»Wenn Sie ihn sehen wollen, rufe ich dort an. Vielleicht können die Kollegen ihn kurz rausziehen.«

»Rausziehen?«

»Aus dem Kühlfach.«

Es ist nicht Pax, der da im Leichenkühlraum ist. Es ist Pax' Körper. Es ist Pax' Leiche.

Der Krankenhausgeist hat den Hörer schon in der Hand.

»Nein! Nein! Bitte nicht!«

Er legt auf.

»Dann nicht.«

Er schaut in sein schwarzes Buch.

»Warten Sie mal, Jellerich?«

Auf seinem Stuhl dreht er sich langsam nach hinten und wühlt in einer gelben Kiste.

»Das wurde wohl noch in seinem Zimmer gefunden. Wäre heute an Sie rausgegangen, aber so können wir uns das Porto ja sparen.«

Ein grauer Pappkarton.

»Danke.«

Der Geist sieht schon wieder in sein Buch.

»Auf Wiedersehen.« Ich glaube, das habe ich gesagt.

Er nickt.

Er weiß nicht, dass ich gerade zum zweiten Mal mein Versprechen gebrochen habe.

»Es war nämlich die Idee von meinem Vater, dass ich ihn in der Krankheit zeichne.«

Der Geist schaut nicht auf.

»Die Krankheit sollte das Thema für die Mappe sein, mit der ich mich bei der Kunsthochschule bewerben wollte.«

Sagt er was? Nein, er sagt nichts.

»Mein Vater meinte, dass die so was dort noch nicht gesehen haben, dass sie mich damit auf jeden Fall annehmen. Hören Sie? Es war seine Idee. Ich wollte das eigentlich gar nicht, doch er war davon nicht abzubringen. Aber dann konnte ich ihn nur wirklich zeichnen, wenn er geschlafen hat. Und dabei hatte ich immer so ein Gefühl von Verrat, als ob ich eine Voyeurin wäre, die sich hineingeschlichen hat in das Zimmer von jemandem, der wehrlos schläft. Und ich war auch nie ganz sicher, ob er eigentlich wusste, dass ich ihn zeichne, wenn er schläft. Ob er es vielleicht sogar im Schlaf gespürt hat. Wenn ich mit dem weichen Bleistift über das Papier gefahren bin und ihn dabei angeschaut habe, dann kam es mir so vor, als würde ich ihn berühren. Und manchmal erschien es mir, als würde er diese Berührung spüren. Wenn seine Wange gezuckt hat, wenn ich die Eiterbeule skizzierte, die sich dort gebildet hatte. Oder seine Nasenflügel gebebt haben, während ich die Schläuche zeichnete, die aus seiner Nase ragten. Auf dem Nasenrücken war seine Haut grobporig, und es waren nicht die Eiterbeulen oder die Schläuche, die mich zum Weinen gebracht haben. Es waren diese groben Poren. Ich hatte sie immer schon mit Faszination und Abscheu zugleich betrachtet. Sie jetzt auf das Papier zu bringen, schaffte keine Distanz, ganz im Gegenteil schien es mir, als würde in diesen Sekunden des Zeichnens alle Distanz schmelzen, die ich so mühsam zu ihm aufgebaut hatte. Können Sie sich das vorstellen?«

Der Geist sieht in sein Buch.

»Über Details bin ich nie hinausgekommen. Ich habe immer so groß angefangen, dass ich zwanzig Blätter hätte anheften müssen, um auch noch den Menschen um die Eiterbeule herum auf das Papier zu bekommen. Es war, als könnte ich nur entweder Pax oder seine Krankheit zeichnen. Und ich habe mich für die Krankheit entschieden. Verstehen Sie? Meine Mappe ist ein Pathologiebuch geworden.«

»Auf Wiedersehen«, sagt Herr Geist.

## 13.

Wir kauften das Haus auf der Insel. Ich war dagegen, aber Constanze erklärte mir, dass die *Pension Jolande* gut sein würde für Pax. Und tatsächlich waren die Wochen vor dem Umzug schön. Pax war aufgeregt und voller Vorfreude, er zeichnete immer neue Entwürfe für die Fremdenzimmer, erläuterte sie mir und fragte mich um Rat. Natürlich fand ich all seine Ideen großartig.

Noch am Tag des Umzugs richtete Pax sich sein Atelier ein, in einem kleinen Raum unter dem Dach. Er stellte seinen riesigen Schreibtisch auf und verteilte darauf Köcher mit Pinseln und Bleistiften. An die Wände hängte er Gemälde von Segelschiffen und Schiffsunglücken und seine selbst gezeichneten Seekarten der Umgebung. Sein Fernrohr auf dem dreibeinigen Ständer stellte er am Fenster auf.

Constanze strich mir über den Kopf, als wir zu zweit in der Küche Tassen und Teller einräumten. »Jetzt wird alles gut.« Ich nickte. Obwohl wir nie aussprachen, *was* gut werden musste, wussten wir doch beide, *dass* etwas gut werden musste. Das Etwas, das Pax seine Stelle an der Schule gekostet hatte. Das Etwas, das unser Leben unberechenbar machte.

»Und wenn dich jemand fragt, warum wir hergezogen sind, dann sag: *Wegen des Reizklimas*, ja?«, flüsterte Constanze. Ich nickte. Sie musste mir das nicht sagen. Ohnehin hätte ich nicht gewusst, was ich anderes erzählen sollte. Ich ahnte nur, dass der Umzug etwas mit Pax' Traurigkeit, Unruhe und Wut zu tun hatte. »Wenn Papa ein Projekt hat, geht's ihm gleich besser.« Constanze seufzte. »Gib mir mal die scharfen Messer.«

Ich reichte Constanze das längliche Päckchen aus weißem Küchenkrepp. Sie wickelte vorsichtig die Messer aus, machte eine Schublade auf und zog den Besteckkasten darin ein Stück nach vorne. »Die legen wir hier ganz nach hinten.« Sie lächelte mich verschwörerisch an, schob den Besteckkasten zurück und schloss die Schublade. Ich fragte nicht, warum sie die Messer vor Pax versteckte: Damit Pax sich nichts tat – oder damit er uns nichts tat?

Weil Sommerferien waren, hatte ich viel Zeit, die Insel zu erkunden. Mit dem Fahrrad drehte ich meine Runden, zunächst immer auf der Seeseite des Außendeichs. Ich sah mir die Salzwiesen an und die bunten Strandkörbe auf den grasbewachsenen Uferstreifen. Und ich winkte den Schafen zu. Es kam mir vor, als würden sie von Tag zu Tag weniger unruhig bei meinem Anblick. Als könnte ich sie langsam, aber sicher davon überzeugen, dass ich hierhergehörte. Und ich begann, sie unterscheiden zu können. Sie hatten ganz verschiedene

Persönlichkeiten. Einige kauten ihr Gras schnell und hastig, so als hätten sie Angst, ihr Tagespensum nicht zu erreichen. Andere setzten sich gemütlich in die Kuhlen der Salzwiesen, sahen entspannt den Fahrradfahrern nach und kauten das Gras dabei so lässig, als wäre es Kaugummi.

Die Menschen einzuschätzen, die mir auf Rädern und zu Fuß entgegenkamen, war nicht ganz so leicht. Wer war Urlauber, wer Inselbewohner? Ich konnte es nicht mit Sicherheit sagen. Als ich den Außendeich oft genug umrundet hatte, nahm ich mir die Inselstraßen vor, die ebenfalls auf erhöhten Deichen verliefen. Direkt an den Deichen drängten sich kleine Reihenhäuser aneinander, auf den Warften dazwischen thronten große Höfe. Im Inneren der Insel roch es nicht nach Meer, sondern stechend nach Gülle. Nur in der kleinen Fußgängerzone nicht, an der eine Bäckerei, ein Café und drei Souvenirgeschäfte lagen.

Um ein Gefühl für die Insel zu bekommen, fuhr ich meine Strecken immer wieder ab, aber es wollte sich keine Orientierung einstellen. Es kam mir vor, als hätte jemand willkürlich Häuser und Höfe über der Insel fallen lassen, eine Handvoll Modellbauelemente, die bei anderen Projekten übrig geblieben waren.

Doch nichts auf der Insel beunruhigte mich so wie die Kirche. Sie war klein und weiß ausgemalt. Das erste Mal ging ich mit einem Schwall Urlauber hinein und hörte den Erläuterungen des Fremdenführers zu. Er erklärte, dass die schmiedeeisernen Bögen zwischen den Sitzreihen mit Blüten in verschiedenen Entwicklungsstadien verziert seien: knospend, aufblühend, in voller Blüte, abblühend und verwelkt. Als die Gruppe weg war, sah ich mir die Bögen mit den Blüten an. Sie berührten mich auf seltsame Weise; ich fand sie wunderschön und unheimlich zugleich. Ich kletterte auf eine Kirchenbank und fuhr mit den Fingern über das Eisen. An manchen Stellen war es sehr glatt, an anderen so scharfkantig, dass man sich daran hätte schneiden können. Diese Blüten ließen mich nicht los, ich fuhr immer wieder zur Kirche, um sie zu sehen und anzufassen.

Wenn ich dann wieder nach Hause kam, saß Pax stets in einem der Fremdenzimmer und malte. Manchmal fragte er mich, ob ich mit ihm aufs Festland fahren wollte. Ich wollte immer. Erstens, weil Pax mir am Fähranleger auf der Hin- und Rückfahrt ein Balla-Eis kaufte, und zweitens, weil es schön war, mit Pax in den Laden für Künstlerbedarf und das Antiquariat zu gehen. Wenn Pax dort mit den Verkäufern fachsimpelte, wirkte er vernünftig und kompetent.

Pax brauchte viel: Farben, Pinsel, Paletten, Bleistifte in verschiedenen Stärken, Skizzenpapier, Aquarellpapier, Spatel, Kartenmaterial und Bücher über die Insel, die Hallig und die Jolande. Obwohl Constanze ihm geraten hatte, sich ein Zimmer nach dem anderen vorzunehmen, arbeitete er parallel an allen dreien. Im ersten Zimmer zeichnete er mit einem dicken Bleistift eine Karte auf die Wand. Sie zeigte die Strecke, die das

Schiff von seinem Heimathafen Cádiz nach Dülleroog zurückgelegt hatte. Auf die Karte skizzierte er dreidimensional die Jolande: Eine eiserne Bark mit drei stolz geblähten Segeln. Im zweiten Zimmer brachte Pax mit dem Bleistift die Jolande so an die Wand, wie sie nach ihrem Auflaufen auf den Dülleroogsand von der Hallig aus zu sehen gewesen war: ein schief liegendes Schiff mit zerrissenen Segeln. An die Wand des dritten Zimmers zeichnete er die Halligleute, wie sie zusammen mit der geretteten Besatzung der Jolande im Halligaus Weihnachten feierten.

Als die Vorzeichnungen fertig waren, durfte ich helfen. Pax schrieb mit Bleistift kleine Ziffern auf die Wand, die mir sagten, mit welcher Farbe ich das jeweilige Feld auspinseln sollte. Die vielen Hamster-, Blumen- und Landschaftsbilder, die ich seit Jahren mithilfe von Malen-nach-Zahlen-Sets produzierte, erschienen mir jetzt wie eine Trainingsphase zur Vorbereitung auf diese große Aufgabe. Und wie bei meinen kleinen Malen-nach-Zahlen-Projekten erlebte ich auch hier das Wunder: Meine stur nach Vorschrift aufgetragenen Farben verbanden sich zu Schatten, zu Perspektiven, zeigten, dass hinter den unscheinbaren Zahlen ein großer Plan stand.

Schließlich, an einem warmen, windstillen Tag, waren wir fertig. Zusammen standen wir vor unserem Werk. Ich war stolz, aber auch seltsam traurig, und es kam mir vor, als wäre in Pax' Stimme ein unsicherer Klang.

Doch als am Abend Constanze nach Hause kam, wurde Pax euphorisch. Sie lobte unsere Bilder als ganz große Kunst, als einfallsreich, als lebensecht. »Und jetzt«, sagte sie, »machen wir eine Eröffnungsparty. Das geht am besten, bevor die neuen Möbel da sind, da haben wir genug Platz für ein Buffet und ein paar Stehtische. Hilfst du mir mit den Vorbereitungen, Jolanda?«

Constanze lud für den übernächsten Samstag Bekannte vom Festland ein und ein paar Leute von der Insel, doch Pax reichte das nicht. Er schickte eine Pressemitteilung an die lokale Zeitung und wollte, dass ich Einladungszettel in der Fußgängerzone verteilte. »Constanze sagen wir nichts davon«, erklärte er mir, »sie denkt wie immer viel zu klein.« Auf den grünen Zetteln, die er selbst druckte, stand *Rauschendes Sommerfest zur Eröffnung der einmaligen Kunst-Pension Jolande.* Darunter hatte Pax eine seiner Skizzen des Wracks der Jolande gesetzt.

Als ich mit dem riesigen Packen Papier auf dem Fahrrad losfuhr, bekam ich feuchte Hände. Ich wusste nicht, was ich tun sollte: Die Zettel verteilen und so hinter Constanzes Rücken handeln? Oder die Zettel verschwinden lassen und Pax verraten? Ich hatte das Problem noch nicht gelöst, als ich in der Fußgängerzone ankam. Eine ganze Weile stand ich vollkommen starr mit dem Fahrradlenker in den Händen da, ein Denkmal der Unentschlossenheit. Sobald ich mich bewegen würden, das wusste ich, musste ich handeln.

Schließlich fiel mein Blick auf die Papierkörbe, die in einigen Abständen aufgestellt waren. Wenn ich die Zettel da hineinwarf, in jeden ein paar, konnte ich behaupten, sie in der Fußgängerzone verteilt zu haben.

Doch vielleicht lag es an der Pressemitteilung, oder die Leute hatten sich die Zettel aus den Papierkörben geholt – trotz meiner Vorsichtsmaßnahme kamen zur Eröffnung sehr viel mehr Gäste als geplant. Sie drängten sich vor dem Haus und im Flur und wollten alle die neu gestalteten Fremdenzimmer anschauen. Wir hatten nicht annähernd genug Schnittchen und Sekt für alle. Ich konnte Constanze ansehen, dass sie das Ganze für eine Katastrophe hielt.

Pax war euphorisch. Er führte die Leute durch die Zimmer, erzählte ihnen die Geschichte der Jolande und zog mich immer wieder zu sich, um mich als seine unersetzliche Gehilfin vorzustellen. Es machte mich glücklich, wie die Leute Pax anschauten. Sie waren fasziniert, sie waren ganz in seinem Bann, sie wollten immer mehr von ihm hören. Begeistert flitzte ich zwischen den Massen herum und schnappte all das Lob auf, das über Pax fallen gelassen wurde. Dabei hörte ich auch, wie jemand sagte, er finde die Gestaltung der Wände doch *recht konventionell*. Ich kannte das Wort nicht, doch der Tonfall machte ausreichend deutlich, dass es sich um ein negatives Urteil handelte. In meiner euphorischen Stimmung dachte ich nicht nach. Ich rannte zu Pax und teilte ihm in gespielter Empörung mit, der Mann mit der karierten Fliege und den wenigen Haaren da hinten finde unser Werk *recht konventionell.*

Pax sprach gerade zu einer kleinen Gruppe, die ihm interessiert zuhörte. Auf meine Bemerkung hin lachten die Leute. Pax lachte nicht. Er wurde blass. »Konventionell?«

»Vielleicht habe ich mich auch verhört«, sagte ich schnell, doch es war zu spät. »Konventionell im positiven Sinne vermutlich«, rief eine Frau aus der Runde. Die Umstehenden lachten. Pax stimmte mit ein.

Doch mich konnte er nicht täuschen. Ich hatte, mit einer einzigen unbedachten Bemerkung, sein Glück zerstört. Durch die Gästemassen schlich ich hoch auf den Deich. Dort setzte ich mich auf eine Bank und versuchte, nicht zu denken: Ich bin schuld. Von vorne rauschte das Meer, von hinten das Fest. Es war seltsam, dass all diese Leute gar nicht wussten, dass ich alles kaputt gemacht hatte. Sie feierten genauso weiter wie vorher.

Ich ging ins Bett, während die Gäste noch da waren. Ich hatte das schon immer tröstlich gefunden: Beim Einschlafen die Stimmen von Fremden zu hören, die Pax im Zaum hielten. Denn das konnten nur Fremde.

Als ich am nächsten Morgen aufstand, war Pax nirgends zu sehen. Ich ging hinunter. Es roch nach Farbe. Im ersten Fremdenzimmer hatte Pax die Wand weiß übermalt. Von unseren Bildern war nichts mehr zu sehen. Im zweiten auch. Im dritten war die Wand schwarz. Dort saß Pax auf dem Boden und strich ihn grau. »Das war alles viel zu konventionell«, sagte er, als er mich bemerkte.

»Aber das hat doch nur ein einziger Mann gesagt«, murmelte ich.

»Geh!«, schrie Pax mich an. »Ich halte das nicht länger aus, dass ihr nichts zu schätzen wisst, was ich tue! Ich halte das nicht aus!« Er sprang auf. Sein Gesicht war rot, die Haare wirr. Er stank nach dem Fest. Ich machte einen Schritt zurück. »Du bist so was von undankbar, Jolanda«, flüsterte Pax. »Andere Kinder würden sich freuen, dass ihr Vater ein begnadeter Künstler ist.«

Mehrere Tage kam er nicht aus dem Zimmer heraus. »Er bemalt den Boden«, sagte Constanze, die vorsichtig durch den Türspalt hineingeschaut hatte.

Dann legte Pax sich im Wohnzimmer auf das Sofa und drehte den Kopf zur Wand.

So blieb er liegen.

Leise schlich ich in das Fremdenzimmer Nummer drei. Dort hatte Pax den Boden in ein reißendes Meer aus schwarzen und blauen Wellen mit weißen Schaumkronen verwandelt.

Ich fragte Constanze, ob ich daran schuld war, dass Pax alles übermalt hatte und jetzt wie tot auf dem Sofa lag. Weil ich ihm erzählt hatte, dass der Mann unsere Bilder zu konventionell fand.

»Ja, das kann sein«, sagte Constanze. »Aber mach dir bloß keine Vorwürfe.«

# 14.

Es ist schön, einfach im Auto zu sitzen. Es kaschiert meine Lähmung. Ich kann so tun, als wäre ich kurz davor, loszufahren.

Aber Losfahren ist unmöglich.

Ich kann nicht zur Nulltagfeier.

Ich kann nicht nach Hause.

Ich habe die Pax-Leiche nicht gezeichnet. Pax wird das nie erfahren. Trotzdem tut es weh. Dass ich zu feige bin. Dass ich mein Versprechen breche.

Natürlich, es ist noch nicht zu spät. Ich könnte wieder aus dem Auto steigen, durch die Drehtür gehen und dem Geist an der Rezeption sagen, dass er mir Pax herausziehen lassen soll.

Herausziehen.

Leichenkühlraum.

Abschiedszimmer.

Mein Umriss wird unscharf und franst aus, ich kann es deutlich spüren, ein Kribbeln auf der Haut, das sich langsam in mich hineinfrisst.

Das Fenster auf.

Bitte, Luft, zeig mir die Grenze zwischen mir und der Welt.

Es hilft nicht. Meine Haut ist dünn und brüchig und

lässt den Sauerstoff zu mir herein. Im Schminkspiegel kann ich durch meinen Schädel hindurch den grauen Stoff der Kopfstütze hinter mir erkennen.

Wenn jemand da wäre, um mich zu sehen, dann würde ich vielleicht wieder sichtbar werden.

Ich muss mich zusammenreißen.

Die Handbremse lösen und mich zusammenreißen.

Die Kupplung treten und mich zusammenreißen.

Gas geben und mich zusammenreißen.

Aber ich kann mich nicht selbst zusammenreißen. Bitte, das müssen andere für mich tun: Busfahrer, Fahrradfahrer, Fußgänger, ganz egal. Irgendjemand, der nicht *ich* ist. Der mir zeigt, dass ich getrennt von der Außenwelt existiere. Der mich zusammenreißen kann.

Eins, zwei, drei Autos überholen mich.

Alle drei Fahrer haben mir im Vorbeifahren einen Vogel gezeigt, wie bei einer Choreografie, in der die Bewegung von einem zum anderen weitergegeben wird. Eine Vogel-zeig-La-Ola-Welle. Als hätten sie das so einstudiert. Und das ist gut, das hilft, ich will noch viel, viel mehr Vögel gezeigt bekommen.

Die Ampel ist rot.

Ich bin allein.

Es gibt kein Innen und kein Außen, ich löse mich auf und mische mich mit der Luft. Mein Herz schlägt in den Wolken und im Straßengraben.

Grün.

Ich kann nicht weiterfahren.

Hupen.

Endlich, Hupen!

Im Rückspiegel ein roter Golf, am Steuer ein Typ mit Mütze. Er hupt noch mal, lang gezogen, und jetzt – jetzt zeigt er mir tatsächlich einen Vogel. Ich sollte aussteigen und mich bei ihm bedanken.

Grün. Dann weiter.

Nein. Ich kann nicht weiterfahren.

Anhalten.

Vor dem roten Mietshaus in der Einfahrt.

Auto abschließen ist unnötig, ich bin gleich wieder da. Welche Klingel? Alle. Alle ist am besten. Die Hand flach auf das Klingelbrett und drücken. So lange, bis aus der Gegensprechanlage eine Stimme kommt.

»Ja, bitte?«

»Ja, hallo, ich bin's.«

»Wer, ich?«

»Mein Vater ist heute gestorben. Um drei Uhr dreiundzwanzig.«

»Was? Zu wem wollen Sie denn?«

»Das weiß ich nicht.«

Schweigen.

Rauschen.

Stille.

Die Verbindung gekappt.

Noch mal klingeln. Das ist eine von diesen Klingeln, die nicht länger läuten, wenn man sie länger hält. Dann muss ich eben schnell hintereinander drücken. Und drücken und drücken und …

»Ja, hallo?«

»Hören Sie, um drei Uhr dreiundzwanzig ist …«

»Wenn Sie hier noch einmal klingeln, komm ich runter!«

»Martin.« Eine beschwichtigende Stimme aus dem Hintergrund. Eine Frau. »Lass doch, das sind bloß Dummejungenstreiche.«

»Nein, hör nicht auf sie, Martin! Das sind keine Dummejungenstreiche! Komm runter und zeig mir einen Vogel! Bitte!«

»Martin! Stell doch einfach die Klingel ab, dann ist Ruhe!«

»Nein, nicht die Klingel abstellen!«

Zu spät.

Martin hat die Klingel ausgeschaltet.

Ich existiere überall.

Noch mal die flache Hand auf das Klingelbrett.

Keine Reaktion. Nirgends.

Was jetzt?

Im Handschuhfach ist der Edding. Die Kappe hakt. Jetzt. Eine dicke schwarze Linie ziehen, vom Scheitel zum Hals zum Oberarm zum Unterarm zur Hüfte zu den Füßen und von den Füßen auf der anderen Seite zurück zum Kopf. Mein Umriss ist komplett.

Das ist meine Grenze zur Welt, nicht aquarelliert, nicht schraffiert, nicht weichgezeichnet. Fett, schwarz und überdeutlich.

So kann ich weiterfahren.

## 15.

Pax blieb auf dem Sofa liegen. Er wusch sich nicht, und er aß nichts als billiges Konservenfleisch, das er direkt aus der Dose löffelte. Ich hatte Angst vor ihm und Angst um ihn. Jeder seiner Seufzer, jedes Schluchzen tat mir weh. Constanze war den ganzen Tag bei der Arbeit, und wenn ich abends mit ihr über Pax reden wollte, wurde sie schnell böse. »Nerv mich nicht auch noch, Jolanda«, sagte sie. Um mich trotzdem von ihr trösten lassen zu können, gab ich vor, aus anderen Gründen traurig zu sein. Ich erzählte ihr von der Möwe, die ich dabei beobachtet hatte, wie sie eine kranke Meise attackierte und fraß. Constanze nahm mich in den Arm. »Du bist eben ein Seelchen, Jolanda«, sagte sie.

Einmal traute ich mich und sprach Pax an. »Papa«, sagte ich zu seinem Rücken. »Es ist Ebbe. Wollen wir ins Watt gehen und nach der Jolande schauen?«

Pax drehte sich blitzschnell auf dem Sofa um, wie ein Fisch im Wasser. »Was stellst du für Ansprüche?«, zischte er. »Kann ich ein Mal Ruhe haben? Bin ich dein persönlicher Alleinunterhalter? Kann die Zuckerpuppe sich nicht selbst beschäftigen?«

Um ihn nicht hören zu müssen, fuhr ich stundenlang mit dem Fahrrad über die Insel und ließ statt Pax den Wind in meinen Ohren heulen.

Das Ende der Sommerferien kündigte sich mit dem Abzug der Urlauber an. Sie gingen nicht alle, aber fast alle. Und es passierte etwas, womit ich nicht gerechnet hatte: Ohne die Touristen waren wir als neue Inselbewohner plötzlich überdeutlich zu sehen. Es war wie bei einem Wimmelbild, aus dem sich fünfundneunzig Prozent aller Wimmelfiguren verabschiedet haben, und die Zurückgebliebenen ohne das Gewimmel dastehen wie nackt. Obwohl Sonne und Wind meine sonst bleiche Haut rötlich gefärbt hatten und ich fast die gleiche Gesichtsfarbe hatte wie die anderen Insulaner, fiel ich auf. »Bist du die neue vom Jansenhof?«, wurde mir hinterhergerufen, wenn ich über die Insel radelte. Das erste Mal antwortete ich mit Nein, aber als die Frage immer wieder kam, fragte ich schließlich zurück: Warum? Und erfuhr, dass unser Haus der Jansenhof gewesen war, bevor es die *Pension Seestern* wurde. Ich erzählte Pax davon. Er lag so bewegungslos auf dem Sofa, dass ich nicht mal sicher war, ob er mich gehört hatte.

Als schließlich die Schule begann, war ich erleichtert, das Haus verlassen zu können. Von Pax auf seinem Sofa schien eine schwarze Wolke auszugehen, die sich schwer auf mich legte und mein Herz in einen nassen Schwamm verwandelte.

»Das ist Jolanda«, sagte die Lehrerin, als ich am ersten Schultag mit meinem Ranzen vor der Klasse stand.

Sie geht ab heute in unsere Klasse. Sie kommt vom Festland.«

Natürlich. Ich war eine Festländerin. Ich hatte es fast vergessen.

Die anderen Kinder in der Klasse waren nicht unfreundlich, doch sie hatten kein großes Interesse an mir. Sie ließen mich in der Pause mitspielen. Aber alle Freundschaften, das wurde mir schnell klar, waren bereits geschlossen. In meine Klasse gingen nur acht andere Kinder, und das auch nur, weil der dritte und vierte Jahrgang gemeinsam unterrichtet wurden. Es war wie bei dem Spiel, wo es einen Stuhl zu wenig gibt. Ich war angekommen, kurz nachdem die Musik verstummt war. Alle hatten ihre Plätze längst eingenommen.

Doch dann, endlich, fragte mich ein Mädchen nach Schulschluss, ob sie mir etwas zeigen solle. Sie war ein Jahr jünger als ich, hatte langes rotes Haar, blassblaue Augen und hieß Süntje. Ich nickte.

»Komm mit«, sagte Süntje und stieg aufs Fahrrad. Es wurde eine halsbrecherische Fahrt. Sie raste über die Straßen, hielt an keiner Kreuzung, ich kam kaum hinterher.

Schließlich standen wir vor der Kirche. Unsere Räder lehnten wir an den Zaun. Ich ging Süntje nach, an der Kirche vorbei auf den Friedhof. Sie blieb zwischen den Gräbern stehen und machte eine präsentierende Handbewegung, so als würde sie im Möbelhaus eine besonders bequeme Sofalandschaft anpreisen. »Das sind die sprechenden Steine«, sagte sie. Ich sah mir die Grabsteine an. Alle waren sie weiß, mit eng stehenden schwarzen Schreibschriftbuchstaben darauf.

»Da steht drauf, was der Tote in seinem Leben gemacht hat. Und wie er so war und so. Da liegt mein Ur-Ur-Ur-Urgroßvater.«

Ich versuchte, etwas zu entziffern, aber Süntje zeigte schon auf ein anderes Grab. Es war mit frischen Blumen verziert. »Und das da ist mein Ur-Ur-Urgroßvater. Und meine Urgroßmutter und da mein Ur-Urgroßonkel.« Ich nickte. Mehr fiel mir nicht ein.

»Und jetzt«, sagte sie, »gehen wir auf den Friedhof der Heimatlosen.« Sie ließ die Worte sacken, dann drehte sie sich um. Ich folgte ihr und bewunderte dabei ihren hüpfenden Pferdeschwanz, der von einer Spange aus pink-transparenten Kirschen zusammengehalten wurde. Sie blieb auf einem Teil des Friedhofs stehen, auf dem es statt Grabsteinen nur schlichte schwarze Holzkreuze gab. »Das«, sie machte ihre Möbelhausverkäuferinnen-Handbewegung, »ist der Friedhof der Heimatlosen. Von denen weiß man nur, wann sie ertrunken sind. Sonst nichts. Und sogar das weiß man manchmal nicht ganz genau.« Ich sah mir die Kreuze näher an. Die Daten waren in goldenen Zahlen draufgesetzt, immerhin. Trotzdem taten mir die Heimatlosen leid. »Aber die sind doch gar nicht heimatlos, die haben doch sicher alle eine Heimat, irgendwo«, sagte ich. Diese Bemerkung schien Süntje zu irritieren. Sie kickte einen Kiesel zur Seite. »Nee, die sind nicht von hier. Die wurden tot angeschwemmt oder aus dem Meer gezogen. Die können froh sein, dass sie einen Platz auf dem Friedhof bekommen haben. Sonst müssten die hier rumspuken. So wie die Gonger. Kennst du die Gonger?«

»Ja klar, kenn ich.«

»Ach so, kennst du? Na, was sind das denn für welche, die Gonger?«

»Das sind die Abonnenten von der Fernsehzeitschrift *Gong*.«

»Hä? Nee, ich mein aber andere Gonger. Leute, die ertrunken sind. Die besuchen nachts als Geister ihre Familie und machen Geschrei und klopfen und seufzen, und wenn man nachschaut, ist nur eine Wasserlache da. Und die hören erst damit auf, wenn man wirklich glaubt, dass die tot sind.«

Ich gruselte mich.

»Gruselst du dich?«, fragte Süntje mit einer besorgten Stimme, »soll ich lieber aufhören davon? Hast du schwache Nerven?« Aus ihren blassen Augen sah sie mich lange an, ohne zu zwinkern.

»Nee, ich hab keine Angst vor Geistern.«

»Wohl doch.«

»Nee, bestimmt nicht.«

»Ach so, und warum zittert deine Lippe dann so komisch?«

»Meine Lippe zittert gar nicht.«

»Wohl zittert die. Deine dicke Unterlippe. Weil du Angst hast.«

»Hab ich nicht!«

»Hast du wohl!«

»Nein!«

»Na gut. Stimmt es, dass dein Vater nicht arbeitet und deine Mutter das ganze Geld verdienen muss?«

Ich war froh über den Themenwechsel, aber nur kurz. Was sollte ich antworten?

»Nein. Er kümmert sich um unsere Pension«, sagte ich.

Süntje kaute an ihrem Fingernagel. »Aber ihr habt gar keine Gäste.«

»Noch nicht.«

»Ach so. Verstehe. Darf ich euren Betrieb mal sehen?«

»Nicht heute.«

»Warum nicht? Ihr habt doch schon eröffnet, oder?«

Darauf fiel mir nichts ein. Also nahm ich Süntje mit nach Hause.

Sie fuhr voraus und war so schnell, dass sie mich vor meiner eigenen Haustür erwartete.

Süntje sah sich sehr aufmerksam in der Diele der *Pension Jolande* um. Sie kam mir vor wie eine skeptische Urlauberin, die ihre Buchung schon bereute.

Ich wollte mich hinter den Empfangstresen stellen und sie fragen, wie ich ihr helfen konnte. Aber Süntje machte die zwei Schritte schneller als ich. »Moin«, sagte sie, »herzlich willkommen in der *Pension Jolande*.«

Zähneknirschend spielte ich die Urlauberin, ließ mir

ein Zimmer von Süntje empfehlen, füllte das Anmeldeformular aus und nahm den Schlüssel mit der Nummer drei entgegen. Süntje kam hinter dem Tresen hervor, um mir das Zimmer zu zeigen und meinen imaginären Koffer zu tragen. Ich lief ihr hinterher und hoffte, dass sie den Weg nicht finden würde. Aber Süntje ging zielstrebig in den Flur mit den Fremdenzimmern und öffnete die Tür zur Nummer drei.

Fast wäre ich in sie hineingelaufen, denn sie blieb wie angewurzelt auf der Schwelle stehen. Vor uns wogte das Meer, das Pax auf den Fußboden gemalt hatte. Ich sah Süntje zögern und freute mich. Doch schließlich gab sie sich einen Ruck und setzte energisch den ersten Fuß auf die Wellen. Als sie nicht versank, lief sie weiter, breitbeinig und mit wiegendem Hüften. »Das ist der Seemannsgang«, erklärte sie mir über die Schulter, »den hat mein Onkel mir gezeigt. Auf See muss man nämlich mit den Wellen laufen, nicht gegen sie, sonst haut es einen um.« Sie stellte meinen Koffer neben dem wackeligen Tisch ab und drehte sich zu mir. »Bitte schön«, sie breitete die Arme aus. »Das ist Ihr Zimmer. Ich hoffe, es sagt Ihnen zu. Leider gibt es kein Bett.«

Langsam, breitbeinig wiegend folgte ich Süntje ins Zimmer. Tatsächlich kam es mir vor, als könnte ich auf diese Weise im Rhythmus der Wellen gehen.

»Was ist denn da drin?« Süntje öffnete den großen Pappkarton, der auf dem Tisch stand. Der Karton war voller Postkarten, die Pax direkt nach unserem Einzug zusammen mit den Anmeldeformularen bestellt hatte.

Süntje wühlte darin, dann zog sie eine heraus. »Das sind ja alle die gleichen, voll langweilig. Die Urlauber wollen doch was auswählen können.« Sie hielt die Postkarte hoch. Darauf war die Insel von oben zu sehen. Die Luftaufnahme war bei Ebbe gemacht worden, sodass man die Strecke durchs Watt von unserem Haus zur Hallig erkennen konnte. Ich fand es auch seltsam, dass Pax nur dieses Motiv bestellt hatte und keines mit Deichen, Schafen und der Inselkirche drauf, so wie ich sie aus den Souvenirläden in der Fußgängerzone kannte. Als würde ihn an der Insel nur ihre Lage im Watt interessieren. Und tatsächlich war er noch nie in der Kirche oder der Fußgängerzone gewesen.

»Darf ich eine schreiben?«, fragte Süntje. Ohne meine Antwort abzuwarten, nahm sie sich einen von Pax' Bleistiften, setzte sich an den Tisch und kritzelte los.

Ich setzte mich zu ihr. Süntje schrieb wie im Rausch, eine Postkarte nach der anderen. Mir fiel lange nichts ein. Schließlich schilderte ich imaginären Verwandten meinen Urlaub auf der Insel: etwas windig und langweilig, aber sonst ganz schön. Als ich fertig war, hatte Süntje bestimmt zwanzig Postkarten beschriftet. Die fertigen warf sie unter den Tisch. Wenn sie noch lange dort saß, fürchtete ich, würde sie alle Postkarten verbrauchen.

»Hab keine Lust mehr«, sagte ich und legte mich auf den Boden. Dort ließ ich mich von den gemalten Wellen schaukeln. Süntje sah mir einen Moment zu, dann stand sie auf und hockte sich neben mich. »Ganz schöner Wellengang«, flüsterte ich.

»Hm, hm«, machte Süntje. »Wo ist denn dein Vater jetzt?«

»Auf dem … auf dem Festland. Er kauft Material für die Renovierung der Pension.«

»Aha.«

Lange schwiegen wir. Ich hörte das Meer und war mir nicht sicher, ob das Geräusch von drinnen oder draußen kam.

Dann sprach Süntje in das Rauschen der Wellen hinein. »Das ist der Schlickmergel. Der bringt den Sturm.«

»Nee, das ist doch einfach nur das Meer draußen.«

»Schlickmergel lacht, Schlickmergel macht – den Sturm«, sang Süntje leise.

»Hör doch auf damit, das ist doch langweilig.«

Süntje lachte. »Gruselst du dich? Brauchst du nicht, der Schlickmergel tut einem nichts. Außer, man macht einen Pakt mit dem. Das sollte man nicht tun. Der bescheißt einen auf jeden Fall, und da kommt man dann nicht mehr raus. Er wohnt in einem alten Schiffswrack drin.«

»In einem Schiffswrack?« Ich stand auf. »Ich muss mal.«

Als ich von der Toilette zurückkam, war Süntje verschwunden.

Erleichtert sammelte ich die Postkarten vom Boden

und legte sie zurück in den Karton. Süntje hatte Linien und Kringel draufgemalt. Ich klappte den Karton zu.

Dann brachte ich den Schlüssel zurück zur Rezeption und zog meine Jacke an, um Constanze vom Tiefseeanleger abzuholen. Draußen schloss ich mein Fahrrad auf.

Daneben stand noch immer Süntjes Rad.

Ich ging zurück ins Haus. »Süntje«, rief ich leise und sah in allen Fremdenzimmern nach ihr. Aber da war Süntje nicht. Ich rannte die Treppe hoch und riss die Tür zum Wohnzimmer auf. Da saß sie, auf einem Stuhl, neben dem leise weinenden Pax, und schaute seinen zuckenden Rücken an.

»Süntje!«, flüsterte ich.

Süntje sah auf, aber sie erschrak nicht. Langsam, geradezu gemütlich erhob sie sich vom Stuhl.

»Hau ab!«, zischte ich, »hau sofort ab!«

Süntje schob sich an mir vorbei durch die Wohnzimmertür.

»Dein Vater ist wohl doch nicht auf dem Festland«, sagte sie.

## 16.

Mit ihren Blumenrabatten und ihrer blau-gelben Lobby fühlt sich die verhaltenstherapeutische Klinik an wie ein Hotel. Hotel für Verrückte. Vielleicht sollte ich einchecken.

Aber ich habe nicht gebucht.

Ich habe Pax' Brille in der Hosentasche.

Wann war ich das letzte Mal hier? Das ist lange her. Damals hatte ich meinen Schlüssel zu Hause vergessen und Pax war auf einem Schatzsucherkongress; mir blieb nichts anderes übrig, als nach der Schule zu Constanze in die Klinik zu gehen. Ich weiß noch, wie die Frau an der Rezeption Constanze in ihrem Büro anrief und Constanzes Stimme aus dem laut gestellten Telefon kam: »Ja, Jellerich?« Es war das erste Mal, dass ich sie in dieser neutralen, distanzierten Stimme habe reden hören. Später hat sie diese Stimme immer öfter benutzt, auch zu Hause.

Im Hintergrund läuft heute leise Fahrstuhlmusik. Die Art von Musik, der man beunruhigend deutlich anhört, dass sie beruhigend wirken soll.

»Kann ich Ihnen helfen?«

Ist das die gleiche Frau wie damals? Warum starrt sie mich so an? Erkennt sie mich wieder?

Nein, sie sieht mir nicht ins Gesicht, sie schaut meine Kleidung an.

»Ich bin als Zwerg verkleidet, falls es das ist, was Sie irritiert.«

»Wie bitte?«

»Und der schwarze Strich ist meine Grenze zur Außenwelt.«

»Haben Sie einen Termin? Kann ich Ihnen helfen?«

Sie könnten mich in den Arm nehmen und trösten.

»Entschuldigung? Ist alles in Ordnung bei Ihnen?«

»Ja, alles in Ordnung. Ist meine Mutter da? Sie arbeitet hier. Constanze Jellerich.«

Die Frau atmet aus. Erleichtert?

»Ach ja klar, Sie sind die Tochter von Frau Doktor Jellerich! Und Sie sind auf dem Weg zur Nulltagfeier, was? Das ist ja ein verrücktes Kostüm.«

Ja. Erleichtert.

»Tja, sind wir nicht alle ein bisschen Bluna?«

»Sie haben wohl schon wenig angestoßen? Na ja, Feiern muss auch sein.« Sie lächelt wie ein Profi und schaut auf ihren Bildschirm. Wie kriegen diese Rezeptionsleute das nur alle hin, so auf ihre Bildschirme zu schauen? Als ob da die absolute, unhinterfragbare Wahrheit stünde, alles, was man wissen muss im Leben.

»Frau Doktor Jellerich übt mit einer Klaustrophobiepatientin. Sie können in ihrem Büro auf sie warten, wenn Sie wollen.«

Der grüne Teppichboden dämpft meine Schritte, aber sie werden dadurch nicht weniger laut. Nur anders laut. Stumpf. Sie wirbeln Teppichfasern auf, die ich mit der Luft einatme.

Teppichbodenluft: Die Luft der Institutionen, für die Linoleum zu hart wäre.

*Dr. Dipl. Psych. Constanze Jellerich*, steht draußen an Constanzes Büro.

Die Tür ist offen. Hier drin mischt sich die Teppichbodenluft mit dem Constanze-Geruch, mit dem Mamageruch der Seidenschals und Strickjacken, der mich früher so getröstet hat. Und so traurig gemacht, immer wenn mir von Constanze nur ihre Seidenschals und Strickjacken blieben. Der Schreibtisch ist fast leer. Ein blauer Becher steht darauf, mit einer geschwungenen weißen Aufschrift: *Jesper*. Den hat Constanze in einem kleinen Keramikgeschäft gekauft, als wir gerade auf die Insel gezogen waren. Sie wollte Onkel Jesper einladen, Urlaub in der *Pension Jolande* zu machen. Aber die Fremdenzimmer sind nie fertig geworden.

An der Wand hinter dem Schreibtisch: Fotos. Meine Einschulung. Lillis Einschulung. Constanzes und Pax' Hochzeit auf Dülleroog. Constanze wunderschön im weißen Baumwollkleid, Pax mit Hosenträgern und blauem Hemd. Es war bestimmt ein windiger Tag, das sieht man an Pax' fliegenden Haaren, aber Constanzes Kleid liegt ganz glatt. Als könnte ihr der Wind nichts anhaben.

»Wie hoch ist Ihre Angst?«

Constanzes Stimme. Freundlich und bestimmt. Höflich und gnadenlos. Sie kommt von weit weg.

»Man kann nicht für immer Angst haben, das ist rein physiologisch unmöglich.«

Raus aus dem Büro. Der Stimme nach, den Gang entlang, aber leise und langsam. So sachte auftreten, als könnte jeder Schritt in ein Schlickloch führen. Auf Zehenspitzen an den Bildern vorbei: dem mit dem grünen Kringel, dem mit dem blauen Kringel und dem mit dem gelben Kringel. Pax hat solche Bilder gehasst. Und er hat recht: Die haben die abstrakte Malerei ein zweites Mal abstrahiert, optimiert bis hin zur absoluten Allgemeinverträglichkeit. Als wäre den Leuten eine klarere Darstellung der Welt nicht zumutbar. Die Kunst der Hotels, Anwaltskanzleien und Klapsmühlen.

Der Flur führt zu einer Treppe.

»Wie hoch ist Ihre Angst jetzt?«

Constanzes Stimme kommt von unten. Wenn ich mich zu weit über das Treppengeländer beuge, wird mir schwindelig. Aber so geht es, so kann ich was sehen. Ja, da steht Constanze. Vor ihr hockt eine dicke Frau. Sie hat ihre Knie umklammert und hält den Kopf gesenkt, als würde sie auf dem Boden etwas suchen. Die gelblichen Haare sehen aus wie Flaum. Kükenflaum. Ein zwei Zentner schweres Küken auf einer grünen Teppichwiese.

»Wie hoch ist Ihre Angst jetzt?«

Das Küken krächzt.

»Neun? Sollte das heißen: neun? Gut. Dann gehen Sie jetzt in den Raum.« Worauf zeigt Constanze? Eine

Tür. Hinter dem Küken ist eine weiße Tür mit einem silbernen Knauf.

Das Küken bleibt auf dem Boden hocken.

»Ziehen Sie dann gleich wie besprochen die Tür hinter sich zu. Sie wissen ja: Es gibt von innen keine Klinke. Sie kommen also nicht wieder heraus. Der Raum ist vollkommen abgedunkelt. Ich werde Sie nach einer Weile fragen, wie hoch Ihre Angst ist. Und wenn Ihre Angst bei null ist, öffne ich von außen die Tür. In Ordnung, Frau Koopmann?«

Das Küken röchelt.

»Was spüren Sie? Herzrasen? Feuchte Hände? Flache Atmung? Kribbeln Ihre Hände?«

Das Küken nickt schwach.

»Gut. Spüren Sie das. Das ist die Angst. Sie haben Angst. Wie hoch ist Ihre Angst jetzt? Zehn? Heißt das zehn? Bitte sprechen Sie deutlicher! Also zehn, ja? Dann gehen Sie jetzt in den Raum.«

»Nein.« Das Küken wimmert. Zwischen den flaumigen Haaren leuchtet rosa die Kopfhaut hindurch.

Unter den Haaren haben wir alle eine Glatze. Das muss ich Pax erzählen.

Aber ich kann Pax nichts mehr erzählen.

»Sie können die Therapie auch abbrechen, Frau Koopmann. Das ist alles ganz Ihnen überlassen.«

»Abbrechen?« Das Küken hebt den Kopf. Wie es Constanze ansieht. Wie sehr es Constanze gefallen will. Ich kann es verstehen.

Das Küken steht auf.

»Dann gehen Sie jetzt hinein«, sagt Constanze.

Das Küken dreht sich um und öffnet sehr langsam die Tür. Auf der Schwelle bleibt es stehen.

»Das ist ganz und gar Ihre Entscheidung, Frau Koopmann!«

Das Küken macht einen Schritt in den Raum.

Die Tür fällt zu. Die gedämpften Schreie des Kükens. »Nein, ich will wieder raus, ich will raus, bitte lassen Sie mich raus! Bitte! Ich ersticke!«

Constanze setzt sich vor dem Raum auf den Boden. Sie pflückt grüne Flusen aus dem Teppich.

»Bitte, ich halte das nicht aus! Ich drehe durch!«

Kükenschluchzen.

Constanze schaut auf die Uhr.

»Mama, ich muss dir was sagen.«

Constanze zuckt zusammen.

»Constanze?«

Jetzt schaut sie hoch zu mir.

»Jolanda? Was machst du denn hier?« Sie steht auf.

Schnell treppab. Das Treppengeländer schmiert unter meiner Hand.

Constanze zischt. »Bleib oben!«

Zu spät. Bin schon da.

»Frau Doktor Jellerich?«, piept das Küken aus dem Raum. »Ist da noch jemand?«

»Nein«, ruft Constanze schnell zurück.

Sie flüstert. »Ich arbeite!«

»Sie reden doch mit jemandem!«, schreit das Küken. »Hilfe, ich wurde hier eingesperrt! Hilfe!«

»Sie haben sich selbst eingesperrt, Frau Koopmann! Das ist schließlich eine kognitive Konfrontationstherapie. Es geschieht nichts über ihren Kopf hinweg. Alles liegt in Ihrer eigenen Hand.«

»Warum lässt du sie denn nicht raus?«

»Sie darf erst raus, wenn ihre Angst bei null ist.« Constanze schiebt mich um die Ecke, den Flur entlang, weg von der Tür.

»Frau Doktor Jellerich?« Das Schreien des Kükens, gedämpft.

»Also was willst du, Jolanda?«

»Es ist wegen Pax. Er ist … und ich wollte ihn doch zeichnen und …«

»Jolanda, ich bin bei der Arbeit!« Constanze seufzt. Dann lächelt sie das Profilächeln der Frau von der Rezeption. »Und du solltest längst bei der Nulltagfeier sein! Worauf wartest du noch? Die wundern sich doch, wenn du da nicht auftauchst! Soll ich dir mit dem Bart helfen?«

Das Küken kreischt. »Frau Doktor Jellerich, die Angst ist bei null!«

»Du hörst ja: Ich muss arbeiten.«

»Frau Doktor Jellerich! Die Angst ist jetzt wirklich bei null!«

»Sind Sie sicher, Frau Koopmann? Das klingt doch eher nach acht oder neun! Jolanda, hast du den Bart dabei? Dann helfe ich dir schnell, das kriegt man ja alleine gar nicht hin!«

Das Küken wimmert. »Hilfe!«

»Jolanda, den Bart! Wenn ich dir helfen soll, dann jetzt!«

Constanze nimmt den Kleber, sie zieht am Verschluss der Flasche. »Wieso geht das denn nicht auf, verdammt noch mal? So, jetzt hab ich's.«

Sie reibt mein Kinn mit der klebrigen Flüssigkeit ein. Sie kommt mir ganz nah. Der Constanze-Geruch, der Mamageruch, er beruhigt mich und macht mich wütend.

»So.« Schade, sie ist schon fertig. Es war schön, wie sanft sie mir über die Wange gestrichen hat.

»Jetzt den Bart!« Sie klatscht ihn mir ins Gesicht. Meine Haut spannt. Constanze drückt. »Nicht, dass er gleich wieder abfällt. Der muss ja jetzt eine Weile halten.«

»Frau Doktor Jellerich, ich kriege keine Luft mehr!«

Constanze lächelt mich an. »Sieht super aus! Vergiss nicht die Mütze! Viel Spaß!«

»Frau Doktor Jellerich! Ich ersticke!«

»Das ist nur Ihre Bewertung der Situation, Frau Koopmann.«

Constanze rennt zurück, setzt sich vor den Raum, lehnt den Rücken an die Tür und rupft Flusen aus dem Teppichboden. Sie sieht mich nicht mehr.

Also zurück durch den Flur: Gelber Kringel, blauer Kringel, grüner Kringel.

Die Frau am Empfang stutzt. Aber jetzt entspannt sich ihr Gesicht. »Haha, das Kostüm kommt mit dem Bart ja noch besser, viel Spaß bei der Nulltagfeier!«

Sie winkt.

Raus auf die Straße.

Die Leute schauen mich alle an. Erst erstaunt, dann verstehend und lachend: »Viel Spaß bei der Nulltagfeier!«

Danke. Den werde ich haben.

Nein.

Es geht nicht.

Ich muss zurück. Ich muss Constanze sagen, dass Pax tot ist.

Also wieder rein.

»Ich hab noch was vergessen.«

Die Frau an der Rezeption nickt nur.

Rennen. Über den Teppichflur, an Constanzes Büro vorbei, durch den Klapsmühlenkunstkringelflur, rennen, bevor ich es mir anders überlegen kann.

Da unten, auf dem Boden vor dem Kükengefängnis sitzt sie: Constanze.

Und weint.

Sie hat den Kopf in die Hände gelegt. Sie schluchzt. Laut, röchelnd, herzzerreißend, wie ein Kind.

Ich muss zu ihr, ich muss sie in den Arm nehmen und trösten.

Aber wenn ich jetzt runtergehe, dann wird sie mich fragen:

Wir sind doch nicht schuld, oder, Jolanda?

Was meinst du, ob wir nicht doch vielleicht schuld sind?

Wir waren nicht da, Jolanda, sind wir schuld?

Aber wir können doch nicht schuld sein, oder?

Doch. Wir sind schuld. Wir waren nicht da. Wir haben Klausuren geschrieben und Klaustrophobiker eingesperrt, als Pax zu Hause gesessen und gefroren hat.

Constanze schluchzt.

Aus dem Raum die Stimme des Kükens. »Weinen Sie, Frau Doktor Jellerich?«

Constanze schaut auf. An ihren Händen und in ihrem Gesicht kleben grüne Flusen.

Constanze sieht mich. »Jolanda?«

Ich schaue weg.

»Was ist denn da draußen los, Frau Doktor Jellerich?«

»Nichts«, sagt Constanze mit ihrer neutralen Stimme.

Und sie hat recht.

Es ist nichts.

Ich muss zur Nulltagfeier. Dringend.

## 17.

Ohne Süntje gefiel mir das Pensionsspiel besser. Jeden Nachmittag holte ich mir den Schlüssel mit der Nummer drei von der Rezeption, schritt im Seemannsgang über die Wellen, setzte mich an den Tisch, füllte ein Anmeldeformular aus und schrieb Postkarten. Mit der Zeit wurden meine Texte weniger allgemein; ich begann darauf zu schildern, wie Pax auf dem Sofa lag, mit dem Kopf zur Wand. Die Postkarten richtete ich an alle Verwandten, die mir so einfielen – viele hatte ich nur ein oder zwei Mal auf einem Familienfest gesehen. Und gerade den Onkeln und Tanten, deren Namen ich besser kannte als ihr Gesicht, schrieb ich die ganze Wahrheit: Dass Pax auf dem Sofa lag und weinte. Dass er die Suche nach der Jolande aufgegeben hatte. Dass er mich anschrie, meistens ohne Grund. Dass er keine echten Gäste in unsere Pension hineinließ. Dass mein Herz sich wie ein dunkler Klumpen anfühlte, wenn ich an Pax dachte.

Die geschriebenen Postkarten bewahrte ich in dem Pappkarton auf, den ich unter den Tisch schob.

So verging der Herbst.

Anfang Dezember kam ich nach der Schule in das Zimmer Nummer drei und fand den Pappkarton nicht mehr. Zuerst dachte ich, vielleicht aus Versehen in das falsche Zimmer gegangen zu sein. Aber ich war richtig; es war der Raum mit den Wellen auf dem Boden.

Leise, mit klopfendem Herzen schlich ich die Treppe hinauf. Pax lag im Wohnzimmer auf dem Teppich, mit dem Bauch nach oben. Verteilt um ihn und auf ihm waren die Postkarten. Er schlief. Beim Einatmen hob sich sein Bauch, sodass jedes Mal ein paar Postkarten herunterfielen. Ich sah die Wattlandschaft, hundertmal reproduziert, und meine Schrift, ihre Bögen, Punkte und Striche. *Sucht nicht mehr nach der Jolande*, hatte ich immer wieder geschrieben, *ist immer traurig und wütend,* und: *macht mir Angst.* Pax schnarchte. Vorsichtig, wie bei einer Partie Mikado, nahm ich die Postkarten von Pax herunter und hob alle auf, die um ihn herumlagen. Pax zuckte und stöhnte im Schlaf, jedes Mal fürchtete ich, er würde aufwachen. Aber schließlich war ich fertig. Ich konnte die vielen Postkarten kaum in den Händen halten; mehrmals musste ich auf der Treppe umdrehen, um eine heruntergefallene wieder aufzuheben. Im Pensionszimmer riss ich die Karten in Stücke.

Bis zum Abendessen blieb ich in dem Fremdenzimmer. Als ich nach oben kam, konnte ich es kaum fassen: Pax saß am Esstisch. Er sah mich nicht an.

Als hätten die Postkarten ihn aufgeweckt, ging er am nächsten Tag wieder ins Watt. Es war kein kalter Winter, doch der Wind blies stark und eisig. Pax war das egal, bei ablaufendem Wasser ging er los. Wann immer ich konnte, begleitete ich ihn. Ich genoss es, wie akribisch er unsere Wattwanderungen vorbereitete, wie hoffnungsvoll er war, die Jolande endlich zu finden. Ich wollte alles tun, um ihm dabei zu helfen.

Nachts hörte ich Pax in seinem Atelier herumgehen. Dann wurde ich so unruhig, dass ich kaum schlafen konnte. Es war, als würden die Schritte, die Pax setzte, in mich hineinfliegen und in mir weiterlaufen. Ich wälzte mich hin und her.

Und dann, in der Nacht zum 24. Dezember, wachte ich auf, weil aus Pax' Atelier *keine* Schritte mehr zu hören waren. Ich stellte mich ans Fenster. Es stürmte. Das Meer war nicht zu sehen, nur das Watt glitzerte im Licht des Mondes. Am Horizont war es seltsam hell. Auf dem Deich stand jemand.

Jemand mit Pfeife.

Ich öffnete das Fenster. Kühle Luft wehte mir entgegen. »Papa«, schrie ich hinaus, »was machst du da draußen?«

Die Gestalt zuckte zusammen. »Geh wieder ins Bett«, rief Pax mit gedämpfter Stimmte, »ich genieße nur die Nachtluft!«

»Mach ich!«, schrie ich zurück. Aber ich ging nicht ins Bett. Ich hockte mich unters Fenster und hörte: Wie Pax rauchte und wartete. Wie er die Pfeife an seiner Schuhsohle ausklopfte. Seine Schritte im Gras und dann im Schlick. Ich zog mir meinen Wintermantel über den Schlafanzug, streifte mir alte Socken über die Füße und lief hinaus.

Der Schlick sog mir das Blut aus den Füßen. Nach einer Weile konnte ich nicht mehr mit Sicherheit sagen, ob ich in einer eiskalten oder einer glühend heißen Masse stand. Der Horizont leuchtete noch immer hell. Aber von Pax war nichts zu sehen. Ich glaubte, Pfeifenrauch zu riechen und ging in die Richtung, aus der er herüberzuwehen schien. Ich hörte Schritte, aber wenn ich stehen blieb, verstummte das Geräusch. »Papa!«, rief ich leise, »Papa!«

Der Schlick knisterte und zischte wie Feuer.

Ich dachte daran, wie Pax mich abgehängt hatte, als ich das erste Mal mit ihm zusammen im Watt gewesen war. Wie wütend es ihn gemacht hatte, dass er meinetwegen umdrehen musste.

Um meine Füße floss Wasser. Das Meer kam zurück.

»Papa!«, schrie ich. »Papa! Ich bin hier! Du musst umdrehen!«

Der Schlick schmatzte, als würde er Pax gerade verspeisen.

»Paaaaaaaaaaaaaaaaaaaaaaaaapaaaaaaaa!«

Pax rief etwas zurück. Ich horchte. Pax rief nicht *Jolanda*. Pax rief: »Schlickmergel!«

Dann blieb er still, als würde er auf eine Antwort warten.

Das Watt flüsterte.

Pax sang. »Schlickmergel lacht, Schlickmergel macht – den Sturm!«

»Papa!«, brüllte ich, bevor der Wattgeist antworten konnte, »du musst herkommen! Ich stehe hier ganz alleine! Ich brauche Hilfe!«

Eine Weile war nichts zu hören außer dem Knistern des Schlicks. Es fing an zu schneien.

Dann kam es sehr leise zurück: »Jolanda? Jolanda, bist du das?«

»Ja! Du musst umkehren!«

Pax antwortete nicht. Überlegte er erst, ob er mir helfen wollte?

Dann hörte ich Schritte. Anhand ihres Klangs konnte ich mir vorstellen, auf was für Untergrund Pax gerade lief: Durch tiefen Schlick, auf festem Sandwatt. Und dann wieder durch Schlick.

Trotzdem zuckte ich zusammen, als Pax plötzlich neben mir stand. »Bist du verrückt, nachts alleine hier rauszugehen?«

Diesen Satz hatte eigentlich ich sagen wollen. Und auch den nächsten: »Gut, dass ich dich gefunden habe!«

Pax nahm mich in den Arm. Er roch nach Pfeife, Farbe und Schlick. Schnee fiel mir kalt in den Kragen.

»Bist du etwa schlafgewandelt?«, fragte Pax leise.

»Ja«, flüsterte ich.

Ich schmiegte mich an seinen Bauch, so fest ich konnte. Doch in meinen Ohren dröhnte noch immer Pax' Stimme: »Schlickmergel lacht, Schlickmergel macht – den Sturm!«

Ich drückte das aufsteigende Schluchzen mit aller Kraft in meinen Hals zurück.

Ich hatte verstanden: Pax suchte die Jolande nicht deshalb, weil sie für eine wunderbare Rettung stand.

Er suchte sie, weil der Schlickmergel in ihr wohnte.

Pax suchte den Sturm.

# 18.

Auf dem Schulparkplatz stehen nur wenige Wagen. Einparken ist schwer ohne Autos rechts und links von mir, die eine Lücke definieren. Immer stehe ich schief, immer muss ich noch mal neu ansetzen, immer ist ein Baum im Weg. Der sandige Boden knirscht unter den Reifen.

Egal, ich lass das jetzt so.

Aber Aussteigen geht nicht.

Das Halbdunkel hier im Auto ist schön.

In meiner Tasche ist Pax' Brille. Vielleicht, wenn ich sie aufsetze? Die Bügel sind ausgeleiert, der Steg wackelt.

Jetzt.

Die Gläser wiegen auf der Nase viel schwerer als auf der Hand. Wie hat Pax das ausgehalten? Die Welt zieht sich rechts zusammen und weitet sich links aus. Meine Augen tränen, aber das ist ganz angenehm.

Ob die im Krankenhaus Pax die Brille von der Nase genommen haben, als er schon tot war? Hatte er die Brille noch als Leiche auf? Oder hat er gemerkt, dass er gleich sterben wird, hat er die Brille abgenommen zum Sterben, so wie er sie vor dem Schlafen abgenommen hat? Ich hätte die Schwester das fragen sollen. Ich muss unbedingt wissen, zu wem die Brille gehört: Zu meinem lebendenden oder meinem toten Vater.

»Jolanda?«

Jemand klopft an die Scheibe. Am Fenster: eine grüne Mütze, ein weißer Bart, eine rote Nase, zwei zusammengekniffene Augen. Franziska. Sie gestikuliert wild, sie sagt etwas und zeigt auf ihr Handgelenk.

Ein Zwerg mit Armbanduhr.

»Spinnst du, wir waren um halb sechs verabredet, jetzt ist es achtzehn Uhr drei!« Sie schreit so laut, dass es durch die geschlossene Scheibe dringt. Vielleicht sollte ich besser verriegeln.

Sie reißt die Autotür auf. Hinter ihr stehen die anderen fünf Zwerge.

Zu spät.

Es hilft nichts, ich muss raus.

Die Zwerge umzingeln mich. Sie haben eine Flasche Korn dabei. Daraus trinken sie, reihum. Wie sie die Flasche weitergeben, trinken, Flasche weitergeben, trinken, das sieht geradezu professionell aus. Besser könnte man es nicht machen: die weichen Bewegungen, der langsame Rhythmus, das Synchrone. Wie das Keulenschwingen beim Bodenturnen. Franziska wehrt die Flasche ab. Schade.

Sie stemmt die Arme in die Hüften. Ihr künstlicher Bauch wackelt.

»Wo warst du, Jolanda? Wir können ohne dich doch nicht reingehen, wie sieht das denn aus: *die sechs Zwerge*?«

Aus ihren wattebärtigen Gesichtern blicken die Zwerge mich vorwurfsvoll an.

»Sechs oder sieben Zwerge, das ist doch egal.«

»Egal?« Franziskas Bart schwingt hin und her. »Das ist überhaupt nicht egal! *Die sieben Zwerge* sind ein Konzept. Die sechs Zwerge sind einfach nur sechs Zwerge!«

Die restlichen fünf Zwerge nicken düster.

»Zumal *die anderen* sieben Zwerge tatsächlich sieben Zwerge sind!«

Jetzt erwartet Franziska, dass ich frage, »welche anderen?« Aber ich kann mich nicht aufraffen.

»Unsere Idee ist irgendwie durchgesickert.« Sie redet auch ohne meine eingeplante Rückfrage weiter, wie eine Schauspielerin, die im Text bleibt, obwohl ihr Gegenüber seinen Einsatz verpasst hat. »Alina und die anderen haben uns kopiert. Es laufen also vierzehn Zwerge hier rum! *Die vierzehn Zwerge*, wo gibt es denn das? Die haben alles versaut, alles!«

Ich weiß immer schon eine Millisekunde vorher, was sie gleich sagen wird. Als könnte ich problemlos mitsprechen.

»Was-was ist-ist denn-denn los-los mit-mit dir-dir? Hörst-hörst du-du mir-mir zu-zu? Wo-wo hast-hast du-du deine-deine Mütze-Mütze?«

Wenn ich jetzt erkläre, was los ist, werden mich sechs Zwerge umarmen und trösten. Aber ich habe einfach nicht den Mut, diesen Moment, diesen Abend und diese Nacht so grundlegend zu verändern.

»Gib-gib mal-mal deine-deine Mütze-Mütze!«

»Hier, was ...«

»So. Sitzt, wackelt und hat Luft. Jetzt reicht der lieben Jolanda doch mal bitte die Flasche!«

Die Zwergenkette lässt die Flasche wandern, auf mich zu.

»Hier, Jolanda.«

Die Flasche klebt in meiner Hand, das Etikett löst sich ab.

Ich will nicht.

Die Zwerge rufen: »Trinken!«

Die Zwerge brüllen: »Auf den siebten Zwerg und den nullten Tag!«

Den nullten Tag?

»Null Tage Schule!«

Natürlich. Null Tage Schule.

Schlucken ist schwer. Der Korn fährt warm in meinen Magen und hart in meinen Kopf.

Franziska schaut auf ihre Uhr wie ein übereifriger Gartenzwerg. »Gut, dann können wir ja gleich los, wo unser siebter Zwerg endlich da ist. Wenn wir uns von den anderen sieben Zwergen fernhalten, funktioniert das Kostüm vielleicht doch noch. Du kannst übrigens froh sein, ich war kurz davor, Therese von denen abzuwerben, aber jetzt biste ja da. Was hast du überhaupt für eine Brille auf? Hast du die deinem Vater geklaut?« Ihre Stimme wird süßlich. »Willst du die Welt mal durch seine Brille sehen? Das find ich wirklich toll von dir, Jolanda!«

Die fünf Zwerge lachen dünn Applaus.

Mir wird schwindelig. Die Welt durch seine Brille sehen. Warum sagt man das? Durch Pax' Brille sehe ich nicht die Welt, wie er sie gesehen hat. Sondern: Ich sehe, was nötig war, um seinen Blick zu korrigieren. Was ihm dazu gefehlt hat, die Welt in der Version zu sehen, auf die sich alle geeinigt haben.

»Jolanda? Lebst du noch?«

»Ich geh rein.«

Die Zwerge verfolgen mich im Gänsemarsch. Franziska drängelt sich vorbei an die Spitze.

Franziska brüllt. »Ein Lied, zwo, drei!«

Die Zwerge singen.

»Heiho, heiho, wir sind vergnügt und froh, und noch'n Bier und noch'n Korn, heiho, heiho, heiho!«

Ich weiß nicht, wann wir zum letzten Mal zusammen etwas unironisch getan haben. Etwas, das einfach so gemeint ist, wie es aussieht. Das muss lange her sein. Vielleicht in der sechsten Klasse. Zuletzt haben wir ganze Nächte ironisch verbracht, in der winzigen Kneipe am Hafen. Wir sind ironisch hineingegangen, haben ironisch ein Herren- oder Damengedeck bestellt, haben ironisch an der Theke gesessen und ironisch ins Hafenbecken gekotzt. Die unironischen Kneipengäste wussten nie so ganz, was sie von uns halten sollten. Wir haben ihre Schlager mitgesungen und ihnen den Arm um die Schulter gelegt. Und uns dabei zugezwinkert. Sie zwinkerten mit. Vielleicht haben wir einfach nicht gemerkt, dass wir selbst Ironie-Opfer waren, vielleicht haben sie ironisch mit uns ironisch Schunkelnden mitgeschunkelt. Und so wie minus mal minus plus ergibt, haben wir letztendlich alle vollkommen unironisch die größten Ballermann-Hits gegrölt.

Nein. Das stimmt nicht. Die unironischen Gäste in der Hafenkneipe haben keine zweite Ironieebene eröffnet. Sie saßen einfach an der Theke, tranken Pils und riefen Hölle, Hölle, Hölle und Müll, Müll, Sondermüll, ohne ein Ironiesicherheitsnetz zu haben, in das sie sich zur Not hätten fallen lassen können.

Ich bewundere ihren Mut.

Nehme noch einen großen Schluck.

Singe lauter als alle anderen Zwerge.

»Heiho, heiho, wir sind vergnügt und froh, und noch'n Bier und noch'n Korn, heiho, heiho, heiho!«

Franziska führt uns zum Seiteneingang. »Das ist die letzte offene Tür, alle anderen sind schon verbarrikadiert. Am Haupteingang haben sie eine Röhre installiert, die ist so eng, da kommt Frau Hebmeier morgen früh niemals durch. Wahrscheinlich müssen wir sie zum Schluss herausschneiden oder so.« Die Zwerge kichern.

Drinnen ist es dunkel. Überall hängen schwarze Stoffbahnen. Davor Apfelbäume, Windmühlen, bunte Hexenhäuser und verfallene Fischerhütten aus Pappe. An einigen Stellen sind noch die schmutzig gelben Schulwände zu sehen. Wie bei einer optischen Täuschung fällt es mir schwer zu erkennen, was hier eigentlich die Kulisse ist: die Märchenwelt oder die Pausenhalle. Über dem üblichen Schulgeruch liegt eine Mischung aus Zigarettenrauch, Cannabis und Bier. Als hätte auch die Luft sich verkleidet.

Zauberer, Hexen und Drachen arbeiten an der Pappdeko, ein paar Feen und Frösche tanzen. Musik kommt blechern aus den Windmühlen, in denen die Lautsprecher stecken.

»Hallo, Jolanda!«

Vor der Fischerhütte winkt eine grüne Gestalt.

Der Schlickmergel.

Schlickmergel, der Wattgeist.

Schlickmergel, der an allem schuld ist.

»Jolanda, hallo!«

Franziska hält mich fest. »Warte, Jolanda, wo willst du denn hin? Wir sind in der Dekogruppe, wir müssen helfen!«

Aber ich kann nicht helfen. Ich muss mich durch die Menge wühlen, durch die Ritter, Prinzessinnen, Drachen, Feen, Zauberer und Hexen. Ich muss zum Schlickmergel.

Da steht er, in seinem glänzenden Anzug aus braungrünen Schuppen, im Gesicht den schmutzigen Kinnbart, er winkt mit seinen langen spitzen Fingernägeln und tut so, als wäre nichts. Als wäre er nicht an allem schuld. Als hätte er Pax nicht ins Watt gelockt. In den Krallen hält er eine Flasche, gefüllt mit grüner Flüssigkeit. Seine bösen kleinen Augen flackern grün. »Sag nichts! Sag nichts! Du bist … Chef!«

Sein Rülpser riecht nach Pfefferminz.

»Warum? Warum, Schlickmergel?«

»Na, weil Chef auch so aussieht, der Anführer von den sieben Zwergen, der mit der Brille!«

Die Zwerge rücken an, Franziska vorneweg. »He, Schlicksi, wir sind demokratisch organisierte Zwerge, wir haben keinen Anführer!«

Die anderen fünf Zwerge lachen leise.

In Schlickmergels Bart hängen kleine Fische und Krabben. Er nimmt einen Schluck aus der Flasche. Es sieht aus, als würde die grüne Flüssigkeit ihm seine grüne Farbe geben. Er rülpst.

»Aber im Disney-Film ist der mit der Brille ...«

»Wir-wir sind-sind nicht-nicht von-von Disney-Disney, du-du Dösbaddel-Dösbaddel! Wir-wir sind-sind von-von Grimm-Grimm!«

Der Schlickmergel lacht tief und künstlich. »Für mich seid ihr von Disney. Willst du ’nen Schluck, Chef?«

Ich will nichts vom Schlickmergel trinken. Ich will nichts mit dem Schlickmergel zu tun haben. Der Schlickmergel ist schuld, an allem. Da steht er, mit seiner blöden grünen Flasche.

»He, Jolanda, was machst du? Aua!«

Die Flasche schlägt dumpf auf das Linoleum auf. Zu Schlickmergels Füßen bildet sich eine grüne Pfütze.

Gut so. Bluten soll er.

»Jolanda, spinnst du?« Franziska mit ihrer Kindergärtnerinnenstimme.

Schlickmergel hebt schnell seine Flasche auf. Sie ist

halb leer. »Geht's noch, Jolanda? Fahr sofort zur Tanke und hol mir neuen Pfeffi!«

»Ich will wissen, warum du das gemacht hast, Schlickmergel! Warum hast du ihn ins Watt gelockt?«

»Aua, lass das, Jolanda!«

Schlickmergels Bart kratzt in meiner Hand.

»Aua!«

Die Zwerge kreischen. Der Schlickmergel zappelt und versucht verzweifelt, seine verdammte Flasche so zu halten, dass nichts herausfließt. Jetzt muss er büßen. Dafür, dass er Pax nicht in Ruhe gelassen hat. Dass er Pax ins Watt gelockt hat, immer wieder. Den Kopf soll er beugen, in die Knie soll er gehen.

»Jolanda, lass ihn los! Was machst du denn? Lass Tammo los!«

Tammo.

Nicht Schlickmergel.

Loslassen.

»Entschuldige, Tammo. Tut mir leid.«

Tammo keucht. Tammo rülpst mir ins Gesicht.

Keiner sagt was.

»Tut mir echt leid, Tammo. Ich hab dich verwechselt.«

Die Lautsprecher pressen klirrend Musik aus sich heraus.

Now I've had the time of my li-hi-hi-fe.

»Dein Schlickmergel-Bart sitzt ja ganz schön fest. Hast du einen Bartklebertipp für uns Zwerge?« Franziska lacht. Keiner macht mit.

Wir stehen rum.

Jemand muss dringend was sagen. Aber was? Was redet man, nur um zu sprechen? Ich weiß es nicht mehr.

Tammo rülpst schon wieder. Es klingt angestrengt. Als hätte er nicht so viele Rülpser in sich drin, wie er rauslassen will.

Tammo spricht leise, sodass man ihn durch die Musik kaum hört. »Habt ihr Ruben schon gesehen?«

»Ruben? Warum? Hat er dir irgendwas erzählt? Über mich?«

Tammo lacht. »Erzählt? Nee. Ruben ist der Tod!«

Die Zwerge lachen, dass Bärte und Bäuche wackeln.

Tammo rülpst. »Und wie er tanzt, da drüben, nee, da hinten! Wuuuhuuu! Lass die Knochen klirren, Gevatter!«

Tatsächlich. Da auf der Tanzfläche, zwischen den Feen und Fröschen ist Ruben. Mit weiß geschminktem Gesicht, in einem schwarzen Umhang mit weiter Kapuze, eine Sense in der Hand. Ruben tanzt – ich kann nicht genau sagen, wie. Frei. Er tanzt, als wäre er völlig frei.

Franziska spricht mit der Zigarette zwischen den Lippen. »Also ich weiß nicht. Wer geht denn als Tod zur Nulltagfeier? Ist das nicht irgendwie pietätlos oder so?«

Der Tod schwingt die Sense im Rhythmus der Musik.

»Stimmt. Voll krank.« Tammo gibt ihr Feuer. Die Flamme geht knapp an Franziskas Bart vorbei.

Der Tod hat die Arme um sich geschlungen und wiegt sich im Takt.

Franziska bläst Ringe. »Ich wusste schon immer, dass mit Ruben was nicht stimmt. Hä, was macht er denn jetzt?«

Der Tod kommt auf uns zu.

Der Tod kommt auf mich zu.

Ruben sieht mich an.

Seine Sense zittert.

Seine Augen glänzen.

Mir ist nie aufgefallen, wie lang seine Wimpern sind. Wie bei einem Kleinkind.

Er klemmt sich die Sense unter den Arm und nimmt meine Hände.

Seine Haut fühlt sich feucht an. Er hält mich ganz vorne an den Fingerspitzen fest.

Iiiii saw the sign. Die Lautsprecher quietschen. And it opened up my eyes, I saw the sign.

Und Ruben tanzt. Ruben tanzt mit mir wie ein Kind, Ruben dreht mich sanft im Kreis, Ruben tanzt mit mir in Zeitlupe Ringel, Ringel, Reihe.

Wir sind der Kinder zweie.

Life is demanding without understanding. Iiiii saw the sign …

Die Zwerge kreischen, Schlickmergel kichert kehlig.

Ruben schaut mich an, als wären wir Verbündete, als wären wir Wissende, als wären wir der Ringel-Ringel-Reihe-Geheimbund. Ist es das, was Ruben zu Ruben macht? Dass er zu viel sieht? Und dass man das in seinen Augen sehen kann?

No one's gonna drag you up to get into the light where you belong. But where do you belo-hong?

Ruben nickt mir zu, als hätte ich ihn was gefragt, als würde ich von ihm eine Antwort erwarten, als wäre er ganz meiner Meinung.

Ich stoße ihn weg.

Er stolpert in den Zwergenkreis.

»Hat er dich belästigt, Jolanda?«, schreit Franziska. Sie hält Ruben fest. »Hast du Jolanda angefasst, du Perversling?«

Weg hier. Durch die pickeligen Ritter, die gepiercten Prinzessinnen und die zwei Meter großen Frösche, weg.

»Jolanda! Wo willst du denn hin? Wir Zwerge müssen zusammenbleiben, sonst funktioniert das Kostüm nicht!«

Raus auf den Hof.

Hoch in die Kletterspinne.

Die Seile sind glitschig, meine Hände auch. Aber es geht, ich kann es noch. Am wichtigsten ist, dass man erst runterschaut, wenn man sicher oben angekommen ist.

Jetzt.

Knallen.

War das die Tür?

Da läuft der Tod. Sein Mantel flattert. Hinter ihm johlen die Zwerge. Mindestens zehn. Und der Schlickmergel.

Der Tod schaut sich gehetzt um. Er läuft in den Wald.

Alle hinterher.

Das Johlen wird leiser und leiser.

Stille.

## 19.

Trotz der Kälte begleitete ich Pax ins Watt, wann immer es ging. Ich spürte, dass nur ich ihn zurückhielt, dass er laufen würde, bis die Flut kam, bis der Schlickmergel kam, wenn nicht ich irgendwann stehen blieb und »Ich kann nicht mehr!« rief.

Über mein Bett hängte ich mit Stecknadeln eine Ausgabe des Tidenkalenders, eine andere trug ich in der Hosentasche mit mir herum. Ich musste zu Hause sein, wenn die Ebbe begann, um Pax ins Watt begleiten zu können. Deshalb stand ich, egal, ob ich eigentlich in der Schule hätte sitzen müssen, pünktlich bei ablaufendem Wasser vor unserem Haus. Kam Pax nicht heraus, rannte ich schnell zurück zur Schule. Kam er, rief ich »warte, Papa«, zog meine alten Socken an und folgte ihm. Er fragte nie, warum ich nicht in der Schule war.

Aber die Schule fragte.

Sie fragte in Form von Frau Wehner, die eines Nachmittags in unserem Wohnzimmer stand. Ich hatte sie hereingelassen, obwohl Pax dort seit Stunden im Jogginganzug auf dem Sofa lag, mit dem Kopf zur Wand. Ich konnte Frau Wehners Autorität einfach nicht widerstehen. Sie wollte meinen Vater sprechen, also führte ich sie zu meinem Vater. Aber es war nicht nur das. Ein

Teil von mir wollte, dass Frau Wehner ihn sah. Dass irgendetwas passierte.

Und es passierte etwas. Sobald Pax Frau Wehners Stimme hörte, drehte er sich mit einem Ruck um und stand auf. »Guten Abend!«, sagte er. »Sie sind also Frau Wehner! Jolanda hat schon so viel von Ihnen erzählt!« Sein Gesicht wandelte sich rasend schnell, seine Mundwinkel bogen sich nach oben, seine Augen wurden riesengroß, der Unterkiefer schob sich nach vorne. Frau Wehner schien das nicht zu bemerken. Und auch nicht die Überdrehtheit seiner Freundlichkeit und Energie. Pax erzählte ihr, dass er sich zu einem kurzen Nickerchen hingelegt habe. Er bot ihr Tee an, den ich kochen musste. Er reagierte überrascht und empört, als Frau Wehner ihm erzählte, wie oft ich in der Schule fehlte. Wie ich manchmal einfach kurz verschwand. »Gut, dass Sie uns Bescheid sagen.«

Frau Wehner nickte.

Pax schüttelte den Kopf. »Also wirklich, Jolanda! Wir beide sprechen uns noch!«

»Das glaube ich nicht«, hätte ich gerne geantwortet, »sobald Frau Wehner weg ist, legst du dich doch wieder aufs Sofa und schaust die Wand an.« Aber ich hatte mich längst in sein Stück hineinziehen lassen. Es freute mich, dass Frau Wehner ihn für einen normalen Vater hielt. »Ich bin auch Lehrer, ich weiß, wie das ist«, erklärte Pax. »Welche Fächer unterrichten Sie denn?«, fragte Frau Wehner interessiert. »Sachunterricht und Kunst.« Und dann log Pax, ohne rot zu werden: »Aber ich habe mir ein Jahr freigenommen, damit meine Frau ihre beruflichen Pläne verfolgen kann.«

Ich sah die Anerkennung in Frau Wehners Augen.

»Also Jolanda, nicht mehr schwänzen!«, sagte Frau Wehner zum Abschied.

»Dafür werde ich schon sorgen.« Pax schüttelte Frau Wehner die Hand.

Ich brachte sie zur Tür. Obwohl ich sie nicht leiden konnte, wünschte ich mir, sie würde bleiben.

Als ich zurück ins Wohnzimmer kam, lag Pax auf dem Sofa. Mit dem Kopf zur Wand.

Ich spürte zum ersten Mal diese riesige Wut auf Pax.

»Warum hast du ihr nicht erzählt, dass sie dich entlassen haben?«, fragte ich Pax' Rücken.

»Ich bin nicht entlassen«, murmelte Pax in das Sofa.

»Dann eben frühverrentnert oder wie das heißt.« Es erschreckte mich selbst, wie hart meine Stimme klang. »Und weißt du auch, warum? Weil du verrückt bist! Darum haben sie dich entlassen! Gefeuert! Weil du nur rumheulst und rumliegst und rumschreist! Wie ein Baby! Du hast selber die Schule geschwänzt!«

Pax sprang auf. Ich stolperte zurück, raste in sein Atelier und schloss ab. Pax schlug gegen die Tür. »Wie sprichst du mit mir? Wie sprichst du mit mir? Ich bin dein Vater!«

Ich setzte mich mit dem Rücken zur Tür auf den Boden und spürte das Vibrieren seiner Schläge im Holz.

Und dann sah ich sie: Bilder, die Farbe noch feucht. Ich stand auf. Es waren Pax' selbstgezeichnete Karten.

Er hatte sie übermalt. Sie zeigten jetzt das Wasser. Pax hatte es in allen Zuständen dargestellt, als glatte Oberfläche mit sanften Rippeln, als aufgewühltes Meer mit weißen Schaumkronen, als dünne, transparente Schicht, durch die gewellt das Watt zu sehen war. Auf das Wasser fielen in jedem Bild dunkel die Schatten der Wolken. Obwohl – waren das Schatten? Ich ging näher heran. Ja, es waren Schatten. Aber die Schatten hatten Gesichter, mit leeren Augen und aufgerissenen Mündern. Und war da nicht einer mit einem zotteligen Bart dabei, mit spitzen Zähnen? War es der Schlickmergel, der mich aus dem Bild anschaute?

»Ich bin dein Vater«, schrie Pax von draußen, aber es klang schon schlapper. Seine Schläge gegen die Tür wurden schwächer. Schließlich war nichts mehr zu hören.

Ich holte den Tidenkalender aus meiner Hosentasche und zerpflückte ihn zu Konfetti.

Dann weinte ich in die Schnipsel hinein.

Irgendwann musste ich aufs Klo.

Ich horchte an der Zimmertür. Es war alles still. Vorsichtig drehte ich den Schlüssel im Schloss herum und drückte langsam die Klinke herunter. Sofort gab es einen starken Druck gegen die Tür, sie ging ganz von alleine immer weiter auf. Pax fiel, den Oberkörper voraus, in das Zimmer. Ich wich erschrocken zurück. Für einen Moment glaubte ich, er wäre tot. Aber Pax schnarchte. Er musste mit dem Rücken an die Tür gelehnt eingeschlafen sein.

Ich machte so sanft wie möglich die Tür ganz auf.

»Jolanda«, murmelte Pax.

Ich kuschelte mich zu ihm auf die Türschwelle. Er atmete dreimal stockend, dann drehte er sich auf die Seite und legte seinen Arm auf mir ab. Der Arm drückte mir von vorne auf die Blase, die Türschwelle von hinten. Ich versuchte, Pax' Arm vorsichtig von mir herunterzunehmen.

Pax flüsterte. »Ich muss die Jolande finden, verstehst du, Jolanda, unbedingt, das ist alles, was zählt.«

»Ich verstehe«, sagte ich. Und ich verstand es wirklich zum ersten Mal: Dass alles, was zählte, die Jolande war, dass Pax den Schlickmergel finden musste, weil er den Sturm brauchte. Dass er so lange Stürme veranstalten würde, bis er den großen Sturm fand.

# 20.

Es ist passend, dass ich zum Abschluss meiner Schulzeit wieder hier oben im Korb der Kletterspinne sitze. Da, wo ich in der fünften Klasse jede große Pause verbracht habe, um zu kaschieren, dass unten auf der Erde keiner der anderen meine Anwesenheit wirklich wahrnahm. Ich fühlte mich einsam auf dem Gymnasium. Weil ich von der Insel kam, hielten mich die anderen für brav und weltfremd. »Ach, du bist eine von den Glückseligen!«, hatte Frau Hebmeier gesagt, als wir uns am ersten Tag vorstellen mussten. Wahrscheinlich war es nett gemeint, aber das Vorurteil blieb hängen. Auf der Insel war ich die Festländerin, auf dem Festland kam ich von der Insel.

So habe ich mich hier früher hineingelegt: Auf den Bauch. Und nach unten geschaut.

Damals habe ich mir vorgestellt, der Korb wäre mein Nest. Und zugesehen, wie die anderen dastanden, zu alt, um wie die Jüngeren zu spielen, und zu jung, um wie die Älteren verstohlen auf dem Mittelstufenhof zu rauchen. Ich beobachtete, wie die Blicke und Worte zwischen den Gruppen hin- und hergingen, und ich überlegte, bei welcher Gruppe ich dabeistehen wollen würde. Bei den Jungs, die zwei Köpfe größer als alle anderen waren und die schon ganz nah an der Mauer zum Mittelstufenhof standen, so als würden sie jeden Moment den Sprung herüber wagen? Oder bei den Mädchen in der Ecke, die Pferdesammelkarten tauschten? Oder bei den anderen Mädchen, denen mit den großen Ohrringen, die den Jungs Blicke zuwarfen und kicherten, wenn die zurückguckten? Ich habe mir eingeredet, dass ich hier oben lag, weil ich mich nicht entscheiden konnte zwischen diesen Möglichkeiten. Weil ich ausreichend abwägen und überlegen musste, zu wem ich dazugehören wollte. Und ich habe gewusst, dass ich log. Ich wusste, dass es keine Wahl ist, ob man dazugehört oder nicht. Hineinpassen – das ist angeboren, das lässt sich nicht lernen.

Und dann kam der Tag, an dem ich über meine Gedanken vergaß, wie das Hinunterklettern funktioniert. Ich versuchte immer wieder, mit dem rechten Fuß Halt auf dem nächsten Seil unter dem Korb zu finden, aber ich fand nichts. Von oben sah ich zu, wie alle reinliefen. Dann hörte ich es zum letzten Mal klingeln.

Jemand rief meinen Namen. »Jolanda!« Unten stand Franziska. »Kommst du da nicht mehr runter?« Sie klang nicht besorgt, eher sensationsgeil.

Einen Moment war ich starr vor Schreck. Ich war blamiert, ich würde der Witz der Schule werden.

»Oder hast du keinen Bock auf Mathe?«

»Genau«, schrie ich zurück, »hab keinen Bock!« Ich konnte von oben sehen, dass Franziska das imponierte. »Okay«, sagte sie, »bis nachher.«

Als sie drinnen war, wurde mir klar, dass ich jetzt genau fünfundvierzig Minuten hatte, um mir zu überlegen, wie ich elegant von der Kletterspinne herunterkam. Fünfundvierzig Minuten, um mir eine winzige Chance auf eine Freundin zu erhalten. Ich arbeitete mich langsam, sehr langsam, Seil für Seil, bis zur untersten Ebene vor.

Und schaffte es.

Als Franziska in der nächsten Pause an der Kletterspinne auftauchte, sprang ich ihr vor die Füße.

»Schöne Farbe«, sagte Franziska und zeigte auf meine grünen Fingernägel. Ich versteckte schnell meine Hände. Der Lack war voller Risse und kleiner Fliegen, weil ich mit dem Fahrrad losgefahren war, bevor er ganz trocknen konnte. Aber Franziska schien das nicht bemerkt zu haben. Oder, hoffte ich, sie hielt die Fliegen für Strasssteine.

»Ich hab der Hebmeier übrigens gesagt, dass du die Stunde lieber in der Kletterspinne verbringst.«

Mir wurde schlecht. »Okay, danke.«

Franziska nickte anerkennend.

Unsere Freundschaft beruhte auf einem Missverständnis.

Aus dem Wald kommt Lachen und Kreischen.

Ich will auch.

Ich will mitmachen.

Runter mit der Brille.

Runter von der Kletterspinne.

Und immer dem Johlen nach.

## 21.

Lilli kam auf die Welt. Nach ihrer Geburt ging es Pax besser. Statt auf dem Sofa herumzuliegen, schaukelte er Lilli in ihrer Wiege. Statt ins Watt zu gehen, schob er sie im Kinderwagen über den Deich, bis sie aufhörte zu schreien.

Ich hatte Lilli gegenüber gemischte Gefühle. Eigentlich hätte ich mir eine große Schwester gewünscht und keine kleine. Aber es war natürlich nicht Lillis Schuld, dass sie nicht im Alter von fünfzehn Jahren zur Welt gekommen war. Und immerhin, jetzt, wo es sie gab, konnte ich mit dem Fahrrad über die Insel rasen, ohne darauf zu achten, bei ablaufendem Wasser wieder zu Hause zu sein. Aber diese Freiheit machte mich nicht nur glücklich. Wenn ich Pax mit Lilli auf dem Arm sah, fühlte es sich manchmal an, als würde ich langsam verwischen, als wäre ich mit Aquarellfarben gemalt und jemand hätte das Wasserglas über mir ausgekippt.

Dagegen half nur, wieder aufs Fahrrad zu steigen und den kalten Wind auf der Haut zu spüren.

Dann, nach sechs Monaten, im März, war auf einmal Constanzes Elternzeit vorbei. Sie musste mit einem lauten Gerät ihre Milch abpumpen. Ich sah in ihrem Gesicht, wie weh ihr das tat. Aber Constanze schrie nicht. Constanze schrie nie. Auch nicht bei den beiden Geburten, wie sie uns immer wieder erzählte.

Es war jetzt Pax' Aufgabe, sich um Lilli zu kümmern. Pax schien sich darüber zu freuen.

Lilli nicht.

Lilli schrie.

Schon bevor Constanze am Morgen ihre Jacke angezogen hatte, verstand Lilli, dass sie weggehen würde. Sie schrie wie am Spieß, wie verrückt, wie um ihr Leben – sie schrie, als wollte sie uns alle Facetten des Schreiens demonstrieren. Constanze küsste Lilli auf die Stirn und ging.

Pax stand in der offenen Tür, mit der schreienden Lilli auf dem Arm, und sah Constanzes Auto nach.

Ich war ausnahmsweise froh, dass ich zur Schule musste. Dort saß ich mit einem dunklen Gefühl auf meinem Platz, das ich seit Lillis Geburt nicht mehr gehabt hatte.

Als ich mittags nach Hause kam, hörte ich schon vor der Tür Pax und Lilli schreien. Es war, als schrien sie um die Wette, als würden sie auskämpfen, wer der offizielle Schreihals des Hauses war. Für einen Moment wollte ich einfach umdrehen, einfach so tun, als wäre ich gar nicht hier gewesen, und mit dem Fahrrad um die Insel fahren, bis Constanze nach Hause kam.

»Ich mach das nicht mehr länger mit!«, hörte ich Pax durch die Tür schreien. Lilli antwortete mit einem Gebrüll, dem deutlich anzuhören war, dass sie das auch nicht mehr länger mitmachen wollte. Ich schloss die Haustür auf, zog die Schuhe aus, stellte meinen Ranzen hinter die Rezeption und ging dem Schreien nach.

Pax schritt im Wohnzimmer auf und ab, Lilli in den Armen. Tränen liefen ihm die Wangen herunter.

Er sah mich.

Er schrie.

»Was denkt ihr euch dabei? Alles wird auf mich abgeschoben, alles! Es ist doch ein Wahnsinn, ein Wahnsinn!«

Ich ging zu Pax und nahm ihm Lilli ab.

Sie schrie weiter.

Er auch.

Lilli fuhr ihr Schreien eine Oktave hoch; es fiepte in meinen Ohren.

Ich trug sie vorsichtig die Treppe hinunter, holte einen Schlüssel von der Rezeption und ging in das Fremdenzimmer Nummer drei. Dort legte ich mich auf den Boden und hob Lilli auf meinen Bauch. Ich wiegte sie hin und her, im Rhythmus der Wellen. Langsam, sehr langsam wurde Lilli ruhiger. Wir ruhten uns aus. Lilli vom Schreien und ich vom Zuhören.

Ich wachte von einem Klopfen auf. Mein Kinn und mein Hals waren nass. Lilli sabberte leise vor sich hin. Es klopfte noch mal. Dann steckte Pax den Kopf zur Tür herein. »Mama kommt gleich«, sagte er. Ich stand auf und legte ihm Lilli in die Arme.

Pax setzte sich im Wohnzimmer auf das Sofa und gab Lilli ein Fläschchen von Constanzes abgepumpter

Milch zu trinken. So saß er da, als Constanze nach Hause kam.

»Das läuft ja gut mit euch dreien!«, sagte Constanze.

Pax nickte.

Und tatsächlich lief es gut mit uns dreien, nur etwas anders, als Constanze dachte. Denn am nächsten Morgen, Constanze war gerade gegangen, Pax stand mit der schreienden Lilli im Flur, sagte er zu mir: »Bleib doch heute mal hier.« Ich hatte meinen Schulranzen schon auf dem Rücken. »Ich schreib dir auch eine Entschuldigung.« Ich überlegte nicht lange. In meinem Ranzen war eine halbfertige Wollkrake, die ich im Handarbeitsunterricht abgeben musste. Obwohl ich ihre Arme immer wieder aufgemacht, die Fäden gezählt und neu geflochten hatte, wurden sie einfach nicht gleich dick.

Ich blieb da und verbrachte den Tag mit Lilli.

Und auch den nächsten Tag.

Und den übernächsten.

Es war schön, mit Lilli zusammen zu sein. Sie schrie immer weniger. Und auch Pax wurde ruhiger und weniger irritierbar.

Von mir aus hätte es so weitergehen können.

Aber ich machte einen Fehler.

Weil die Sonne schien, legte ich Lilli in den Kinderwagen und schob los. Ohne es geplant zu haben, lief ich zum Friedhof der Heimatlosen. Ich schaukelte den Kinderwagen und erzählte Lilli an jedem Kreuz, woher die Heimatlosen kamen. Ihre Heimaten dachte ich mir aus. Viele von den Leuten in den Gräbern kamen vom

Festland, da war ich mir sicher, einige aus hübschen kleinen Orten mit Fachwerkhäusern, andere aus großen Städten. Am liebsten mochte ich die, für die ich mir besonders fremde Heimaten ausdachte, Länder, in denen kein so kalter Wind wehte wie hier auf der Insel. Ich schilderte Lilli und den Heimatlosen diese Orte, wie sie dort gewohnt hatten, wie sie den Duft ihres Hauses geliebt hatten und die Lichter ihrer Stadt. Es tat mir leid, dass es nur einen *Friedhof* der Heimatlosen gab. Warum kein Café der Heimatlosen, keine Schule der Heimatlosen? Brauchten Heimatlose nur einen Friedhof? Wäre es nicht schöner, ihnen auch im Leben schon einen Ort zu geben?

In diese Überlegungen war ich vertieft, als ich Schritte auf dem Kies hörte. Ich drehte mich um. Es war Süntje. Sie hatte mich noch nicht entdeckt; sie war auf dem Teil des Friedhofs mit den sprechenden Steinen und füllte eine grüne Gießkanne mit Wasser. Ich wurde steif vor Schreck. Wenn Süntje mich sah, da war ich mir sicher, würde sie in der Schule petzen, dass ich gar nicht krank war. Dann war alles vorbei, meine Tage mit Lilli, Pax' gute Laune, Constanzes Erleichterung darüber, dass es so gut lief mit uns dreien. Ich fasste den Griff des Kinderwagens und schob. Lilli fing an zu schreien. Süntje sah von ihrer Gießkanne auf. Mit einem Satz sprang ich in das Gebüsch neben den Gräbern.

Von meinem Versteck aus beobachtete ich, wie Süntje zum Kinderwagen herüberschaute, sich umsah, die Gießkanne abstellte und auf den Friedhof der Heimatlosen herüberkam. Sie schaute vorsichtig in den Kinderwagen. Lilli schrie. Süntje machte »dudududududu.« Lilli schrie noch lauter. Süntje sah sich noch einmal nach allen Seiten um. »Wer hat dich denn hier vergessen?«, fragte sie in den Kinderwagen hinein. Lilli hatte längst ihre lauteste Schreistufe erreicht. Süntje hielt sich kurz die Ohren zu. Dann griff sie sich den Kinderwagen und schob ihn davon.

Wie gelähmt saß ich in meinem Versteck. Ich wollte Süntje verfolgen, ihr Lilli abnehmen – aber ich konnte mich ihr nicht zeigen, denn dann kam alles heraus. Schließlich ging ich Süntje in großem Abstand hinterher. Es war nicht schwer, an ihr dranzubleiben, Lillis Gebrüll wies mir den Weg.

Süntje schob Lilli zu sich nach Hause. Sie klingelte, ihre Mutter machte auf und sagte etwas, das ich nicht verstand. Dann verschwand Süntje mit Lilli in der Tür.

Ich raste zurück nach Hause. Es gab nur eine Lösung: Pax musste zu Süntjes Mutter gehen und sagen, dass er mit Lilli auf dem Friedhof gewesen war und den Kinderwagen kurz allein gelassen hatte. Ich stellte mir vor, wie Pax mit dem Gesicht, das er für Frau Wehner gemacht hatte, sagte: »Und dann dreh ich mich um und Lilli ist weg!« Das gab mir Mut. Wir würden Lilli zurückbekommen, bevor Constanze von der Arbeit kam.

Aber als ich ins Haus stürmte, war Pax nicht da. Nicht im Wohnzimmer, nicht in den Fremdenzimmern, nicht in seinem Atelier. Dort lagen neue Wasserbilder. Die Geister grinsten mich böse daraus an, sie ließen ihre Augen rollen, nach rechts, nach links, nach rechts, dann blieb ihr Blick an etwas hängen.

Das Fenster.

Ich schaute durch das Fernrohr hinaus auf die See. Das Wasser lief auf, die Flut kam zurück. Noch waren einzelne Flecken Watt zu erkennen, aber das Wasser hatte sich schon weit ausgebreitet. Die Fläche suchte ich nach einem einzelnen dunklen Punkt ab. War Pax hinausgegangen? Würde er rechtzeitig zurückkommen? Würde er überhaupt zurückkommen? Ich lief am Fenster hin und her.

Und dann spürte ich es: Dass ich es nicht aushalten konnte. Dass ich die weiteren Geschehnisse nicht miterleben wollte. Dass ich mich ausschalten musste. Aus dem Badezimmer holte ich mir die Tabletten, die Pax jeden Morgen nahm. Unter seinem Schreibtisch im Atelier stand eine Flasche Pflaumenschnaps. Damit spülte ich drei Tabletten herunter. Der Pflaumenschnaps war süß, aber er brannte im Hals. Es war mir egal. Ich schluckte, so viel ich konnte. Mir wurde schwindelig.

»Jolanda!«

Plötzlich stand Pax hinter mir, ohne dass ich ihn hatte kommen hören. Seine Beine waren schwarz vom Schlick.

»Ich habe sie wieder nicht gefunden, Jolanda.«

Tränen liefen ihm die Wangen hinab.

»Ich werde sie nie finden.«

Pax setzte sich auf das alte Sofa, das in seinem Atelier

stand. Der Schlick an seinen Beinen schmierte sich in den grünen Samt. Pax weinte leise. Ich war verwirrt. Hatte Pax nach Lilli gesucht?

»Ich muss die Jolande finden, Jolanda!«

Pax atmete stockend.

»Nein, du musst zu Süntjes Mutter fahren, dringend!« Meine Stimme klang dumpf zu mir hoch, so als würde sie aus den Tiefen des Meeres kommen. »Papa, bitte, du musst zu Süntjes Mutter! Sie hat Lilli!«

Pax' Ausdruck wandelte sich so schnell, wie ich es nur von ihm kannte. Die schlaffen Gesichtszüge spannten sich von einem Moment zum anderen an, als hätte jemand am Hinterkopf seine Haut zusammengezogen. »Lilli? Wo ist Lilli?«, fragte er. Er stand auf. Drohend. »Was hast du mit Lilli gemacht, Jolanda?«

Meine Zunge schien anzuschwellen. »Wir waren auf dem Friedhof der Heimatlosen und dann kam Süntje und …«

Pax kam auf mich zu. Pax brüllte. »Auf dem Friedhof? Du gehst mit einem Baby auf den Friedhof? Kann man dir denn gar nichts anvertrauen? Kannst du Zuckerpuppe nicht einmal helfen, wenn Not ist? Einmal? Wenn man dich braucht? Muss man dich immer in Watte packen?«

Pax schlug mir ins Gesicht.

Ich hatte in meinem Leben erst eine Ohrfeige bekommen, von Constanze. Damals war mir die Scham des Geschlagenwerdens so heiß ins Gesicht gestiegen, dass der eigentliche Schmerz gar nicht zu mir durchdrang. Heute war es anders. Pax traf meine Nase. Die Welt wurde dunkel.

Ich fuhr mit der Jolande übers Meer, ihr Rumpf kratzte über den Fußboden im Fremdenzimmer Nummer drei. Das Schiff wurde von den gemalten Wellen hin- und hergeworfen, ich stand mit Lilli auf dem Arm hoch oben im Ausguck, ich trat im Seemannsgang auf der Stelle und sah in der Ferne die *Pension Jolande* hinter dem Deich. »Wir sind bald zu Hause, Lilli«, sagte ich. Lilli schrie.

Als ich aufwachte, saß Constanze neben mir, im Schneidersitz. Ich lag auf einer Matratze auf dem Boden. Draußen war es hell. »Jolanda«, sagte Constanze. Meine Nase schmerzte. »Weißt du, wo du bist?« Ich sah mich um. Der Boden des Zimmers bestand aus blauen und schwarzen Wellen. Ich schaute schnell wieder weg. »Im Fremdenzimmer Nummer drei?« Constanze nickte.

Ich fühlte mich wie hinter einer Wand. Als wäre ich in Watte gepackt.

Muss man dich immer in Watte packen?

Mir fiel alles wieder ein. »Wo ist Lilli?«

Constanze strich mir über den Kopf. »Lilli schläft. Du hast auch sehr lange geschlafen, fast einen ganzen Tag. Ich habe mir schon richtig Sorgen gemacht. Aber ich wollte nicht den Krankenwagen holen, die hätten dich hinterher in die Kinder- und Jugendpsychiatrie gebracht. Und da reinzugeraten ist nicht so gut.«

Das leuchtete mir ein. Trotzdem kam es mir vor, als hätte Constanze mich um etwas betrogen.

»Ich habe mich für heute krankgemeldet. Und morgen beantrage ich eine Verlängerung der Elternzeit. Dann bin ich noch ein halbes Jahr zu Hause.«

Lächeln tat weh. Ich taste nach meinem Gesicht. Es schien ziemlich verschwollen zu sein.

Constanze sprach fröhlich, fast aufgekratzt. »Du bleibst besser noch ein paar Tage zu Hause. Für die Schule schreibe ich dir eine Entschuldigung. Ich denke mir eine schöne Krankheit aus. Nicht dass dir Frau Wehner noch die Empfehlung fürs Gymnasium versaut.« Constanze stand auf, kam mit einem Kühlpad wieder und drückte es sanft auf meine Nase. »Papa«, sagte sie, »fährt am Montag auf einen Schatzsucherkongress.«

Ich blieb in meinem Fremdenzimmer. Ohne dass ich sie darum bitten musste, brachte Constanze mir mein Essen. Nur wenn ich das Gemeinschaftsbad auf dem Flur benutzen musste, verließ ich den Raum, immer in Angst, dass ich Pax begegnen könnte. Aber er schien mir aus dem Weg zu gehen.

Als Pax schließlich weg war, konnte ich die Erleichterung körperlich spüren. Es war, als würde das ganze Haus aufatmen. Ich nahm mein Bettzeug und zog aus dem Fremdenzimmer Nummer drei aus.

## 22.

Es macht Spaß, den Tod zu jagen. Zu rennen, zu stolpern, weiterzulaufen. Die Rufe der Zwerge: »Da hinten, da ist er!« Der gehetzte Atem des Todes. Immer wieder entkommt er. Aber bald wird ihm die Kraft ausgehen. Er sieht sich panisch um, er weiß nicht wohin. Er verliert seine Sense, hebt sie wieder auf und stolpert weiter.

Er lässt sich fallen.

Was jetzt?

Da liegt er im Laub.

Seltsam: der Tod hat ein Gesicht. Rubens Gesicht. »Jolanda«, sagt Ruben leise.

Die Zwerge lachen. Schlickmergel johlt. »Der Tod steht auf dich, Jolanda! Los, wir binden ihn an den Baum.«

Der Tod will aufstehen. Franziska drückt ihn mit ihrem Zwergenfuß auf den Boden. »Genau, besser wir fesseln ihn.« Sie beugt sich über den Tod. »Hat einer ein Seil dabei?«

Die Zwerge schauen sich an und zucken die Achseln. Keiner hat ein Seil dabei.

»Jolanda, du hast doch ein Abschleppseil im Kofferraum.«

Der Tod wimmert.

»Nein, ich hab kein Abschleppseil.«

»Doch, ich hab's letztens selbst gesehen.«

»Das hat mein Vater rausgenommen.«

»Jolanda! Lüg nicht!«

*Wer flüstert, der lüstert, der lügt.*

Ich brülle. »Ja, das Abschleppseil ist im Kofferraum!«

Der Tod röchelt. Franziska nimmt ihren Fuß von seinem Bauch. Der Tod bleibt liegen. Warum bleibt er liegen? Er sollte aufspringen und weglaufen, so schnell er kann. Stattdessen sieht er uns mit großen Augen an, er blickt langsam vom einen zum anderen.

Die Zwerge und der Schlickmergel lachen gezwungen.

»Nein. Ich hol das Abschleppseil nicht.«

Stille. Die Zwerge weichen ein Stück vor mir zurück.

»Spinnst du, Jolanda?«, fragt Franziska, als würde sie eine ehrliche Antwort auf diese Frage erwarten.

»Ruben, lauf weg!«

Der Tod sieht mich an, das weiße Gesicht voller trockener Blätter, mit blutigen Kratzern dazwischen.

»Lauf!«

Der Tod rappelt sich auf, schwerfällig, und trabt davon, so langsam, als könnte er nicht an seine Freiheit glauben. Immer wieder dreht er sich nach uns um. Dann ist er im Wald verschwunden.

Am besten, ich haue in die andere Richtung ab, aber nicht so lahm wie der Tod, ich renne, so schnell ich kann.

## 23.

Kurz vor meinem zwölften Geburtstag fand Constanze heraus, dass Pax ein Verhältnis mit einer anderen Frau hatte. Ich weiß nicht mehr, wie sie darauf gekommen ist, ich weiß nur noch, dass wir, als sie es mir sagte, auf dem Boden saßen, vor einem großen Haufen einzelner Socken, in dem wir nach einigermaßen passenden Paaren suchten. Pax war schon lange nicht mehr auf einem Schatzsucherkongress gewesen. Er war unruhig und irritierbar und ging wieder täglich hinaus ins Watt. Ich begleitete ihn nicht mehr, denn ich ging jetzt auf dem Festland in die fünfte Klasse und konnte nicht einfach so zwischendurch zu Hause vorbeikommen.

»Papa hat ein Verhältnis mit einer russischen Prostituierten aus dem Cherry Club«, flüsterte Constanze.

Lilli saß unter einem Mobile und griff nach den Sternen.

Ich rief: »Das Schwein«, und spürte, wie ich rot wurde. Das war ein Satz aus dem Fernsehen, aus der Serie, aus der ich auch das Wort *Prostituierte* kannte.

Ich dachte: Was heißt es, ein Verhältnis mit einer Prostituierten zu haben? Heißt das, man geht regelmäßig hin? Ab wann ist es ein Verhältnis? Einmal die

Woche? Oder heißt Verhältnis, dass man nicht bezahlen muss?

Ich dachte: Hoffentlich passiert Pax im Cherry Club nichts Schlimmes. Er wird den Leuten dort nicht gewachsen sein.

Obwohl ich Constanze weinen sah, tat sie mir nicht leid. Vielleicht, weil sie in meinen Augen so weit über Pax stand, so schön war, so klug, so souverän, dass ich nicht erkennen konnte, was das alles überhaupt mit ihr zu tun haben sollte.

Constanze schnäuzte sich in eine partnerlose Socke.

»Pax sagt, wir sollen uns doch freuen, dass er deshalb bessere Laune hat.«

Es war dieser Satz, der mich am meisten traf. Denn er hieß, dass Pax *wusste*, was seine Stimmungen für uns bedeuteten.

Ihm an diesem Tag beim Abendessen gegenüberzusitzen, war seltsam. Er sah aus wie immer. Seine Augen lagen tief, und alles in seinem Gesicht zeigte nach unten: die Mundwinkel, die Augenwinkel, die Stirnfalten. Und doch stimmte es: Pax hatte bessere Laune. Er war nicht euphorisch, aber ruhiger, ohne gelähmt zu wirken. Er ging nach dem Essen nicht ins Watt, obwohl Ebbe war. Und auch das traf mich. Eine fremde Person hatte geschafft, was ich so lange versucht hatte zu erreichen.

Ich musste diese Person sehen.

Mit dem Fahrrad fuhr ich am nächsten Tag nach der

Schule zum Cherry Club. Ich kannte den Weg, denn wir waren oft mit dem Auto daran vorbeigekommen. Der Cherry Club lag auf der Halbinsel, über die man fahren musste, um von der Fähre in die Stadt zu kommen. Drum herum gab es nur Weiden und vereinzelte Höfe. Ohne eine konkrete Vorstellung zu haben, was darin eigentlich vor sich ging, hatte ich das Gebäude und das blau-rote Neonschild immer mit einem Gruseln betrachtet. Es war kein wohliges Gruseln. Obwohl ich nicht ahnen konnte, dass der Cherry Club einmal eine Bedeutung für uns bekommen würde, hatte ich bei jedem Vorbeifahren gespürt, dass die Grenzen zu diesen Bereichen des Lebens fragil waren, dass nicht viel passieren musste, um da hineinzugeraten.

Vor dem Cherry Club legte ich mein Fahrrad ins Feld und hockte mich in den Straßengraben. Hier lag auch jetzt im Frühling noch Laub. Darunter entdeckte ich eine rote Boßelkugel. Ich nahm sie in die Hand. Sie war überraschend schwer. Boßeln – auch so etwas, das Constanze und Pax nicht richtig konnten. Wenn sie sich einfach mehr anstrengen würden, dachte ich, wenn sie es sich einfach nicht so anmerken lassen würden, dann könnten wir hier vielleicht doch dazugehören. Wie schwer konnte es sein, eine Kugel über Felder und Straßen zu werfen und dabei Schnaps aus einem Eierbecher zu trinken? Man musste es nur wollen.

Dann kam eine Frau mit einem blonden Pferdeschwanz aus dem Cherry Club. Sie schwang sich auf ein Fahrrad, fuhr aus der Einfahrt, winkte Richtung Haus und rief »Tschüss!«

Tschüss.

Mit russischem Akzent.

Ich sprang aus dem Graben, hob mein Rad aus dem Feld und folgte ihr. Die Frau fuhr schnell, aber auf dem flachen Land war es leicht, sie nicht aus den Augen zu verlieren. Als wir in die Stadt kamen, musste ich etwas näher an sie heranfahren. Sie drehte sich dreimal um, und jedes Mal dachte ich, sie hätte die Verfolgung bemerkt. Aber sie schien nach jemand anderem zu schauen. Schließlich schloss sie ihr Fahrrad vor der Drogerie ab. Ich wartete, bis sie in den Laden gegangen war, dann stellte ich mein Rad neben ihres. Es war rot und hatte eine Schaltung mit sieben Gängen. Sieben Gänge! Auf der Insel hatte niemand ein Fahrrad mit Gangschaltung. In einem plötzlichen Impuls kettete ich unsere Räder zusammen.

Ich setzte mich auf eine Bank vor dem Rathaus ein Stück von der Drogerie entfernt. Hinein konnte ich nicht. Die Verkäuferinnen dort mochten es nicht, wenn Kinder und Jugendliche alleine im Laden unterwegs waren. Sie hätten mich gnadenlos durch die Gänge verfolgt, um schließlich anklagend zu fragen, ob sie mir irgendwie helfen könnten.

Die Zeit verging langsam. Ich merkte, wie mir nach und nach bewusst wurde, was ich hier eigentlich tat. Und ich spürte, dass ich, wenn es mir nur noch etwas bewusster werden würde, die Observation abbrechen musste. Ich sah mir das Schild der Drogerie an. Die gelb-weiße Blüte darauf sollte vermutlich eine Margerite darstellen, aber ich war mir nicht sicher. Vielleicht auch ein Gänseblümchen. Der Schriftzug *IhrPlatz* war hellgrün. Alle Leute hier sagten *Ihr*Platz, nur Constanze betonte es Ihr*Platz*. »*Ihr*Platz«, sagte sie, »was soll das denn heißen: *Ihr*Platz? Wenn schon, dann Ihr*Platz*.«

Die Russin kam aus der Drogerie. Mit einer kleinen Tüte in der Hand, auf der die *IhrPlatz*-Blüte prangte. Jetzt konnte ich die Frau genauer ansehen. Sie hatte sehr lange blonde Haare, trug eine enge blau verwaschene Jeans, ein weites T-Shirt, auf dem Pailletten glitzerten, und weiße Ballerinas. In einer geschwungenen Schrift stand etwas auf dem T-Shirt, was, konnte ich nicht entziffern. Vielleicht, dachte ich, ist das Russisch. Die Frau machte einen Schritt auf die Fahrradständer zu. Ich spürte mein Herz klopfen. Doch dann überlegte sie es sich offenbar anders. Sie drehte um und ging zu den Stühlen und Tischen, die vor dem Eiscafé Winter standen. Kaum dass sie saß, brachte der Kellner ihr schon eine Tasse, ganz ohne dass sie etwas bestellt hatte. Sie schien ein Stammgast zu sein. Und als ob das ausschlaggebend wäre, als ob das irgendetwas ändern würde, stand ich auf, ging zu ihrem Tisch und sagte: »Ist hier noch frei?« Sie sah mich an. Sie war viel jünger, als ich gedacht hatte. Vielleicht achtzehn.

»Alle anderen Tische sind frei.«

»Aber nur der hier ist in der Sonne.«

Sie sah zum Himmel. Es war ein bedeckter Tag.

Sie seufzte und nahm ihre Drogerietüte von dem Stuhl neben sich.

»Bitte schön.«

»Ah, waren Sie bei *Ihr*Platz?«

»Ja.«

In ihrer Tasse schlug die Sahne Flocken.

»Was kann ich dir bringen, kleine Signorina?«, fragte der Kellner. Obwohl ich schon oft hier gewesen war, hatte er mich noch nie *Signorina* genannt. Ich bestellte einen Eiszwerg, von dem ich hoffte, dass ich ihn würde bezahlen können.

Die Russin nahm einen Schluck von ihrem Cappuccino. Ich beobachtete sie so genau, wie es möglich war, ohne sie offen anzustarren. Die Tasse hielt sie mit flachen Fingern in der Hand, wahrscheinlich weil sie wegen ihrer langen Fingernägel den Henkel nicht anders fassen konnte.

War es das, was Pax so gefiel?

Es gefiel *mir*.

Die Nägel waren rot, mit kleinen Strasssternen darauf. Ich fand sie schön. Und die Finger wurden noch schöner, als die Russin eine Zigarette aus einer weißen Marlboro-Lights-Schachtel schüttelte. Unglaublich elegant. Sie steckte die Zigarette in den Mund. Ihre Lippen glitzerten hellrosa. Die Russin schaute sich um. Ich sprang auf, rannte zur Theke, nahm eine der Streichholzschachteln mit der Aufschrift *Eiscafé Winter*, rannte zurück und gab ihr Feuer.

Sie lächelte. »Danke!«

Ihre Lippen sahen feucht aus, was vielleicht an dem Lippenstift lag.

Dann kam mein Eiszwerg: eine Kugel grellblaues Schlumpfeis mit grünen Smarties als Augen und einem Eishörnchen als Hut.

Ich wünschte mir, ich hätte einen Cappuccino bestellt.

»Wie süß!«, sagte die Russin.

Sie sagte das nicht verächtlich. Es kam mir vielmehr so vor, als fände sie meinen Eiszwerg ganz ehrlich süß.

»Ich heiße Jolanda«, sagte ich.

»Ich heiße Sonja«, sagte sie.

Das Schlumpfeis tat mir an den Zähnen weh.

»Willst du sehen, was ich eingekauft habe?«

Ich nickte.

Sie drückte ihre Zigarette aus, nahm die *Ihr Platz*-Tüte und zeigte mir: einen rosafarbenen Lippenstift, ein Fläschchen grünen Nagellack, blau-transparenten Nagellackentferner und einen Stift, der wie ein brauner Buntstift aussah. Sie erklärte mir für jedes Teil, warum sie sich für diese Farbe und Marke entschieden hatte, wie man es am besten verwendete und womit sie es kombinieren würde. Ich war fasziniert von der Ernsthaftigkeit, mit der sie die Sachen in den Händen wog und über sie sprach.

Ich erinnerte mich daran, was ich eigentlich vorhatte.

»Und, was machen Sie so beruflich?«, fragte ich.

Sonja kaute an ihren Fingernägeln. Vorsichtig, von

der Seite, vermutlich, um die Lackierung nicht zu beschädigen.

»Ist auch nicht so wichtig«, murmelte ich.

»Isst du deinen Eiszwerg nicht auf?« Sie zeigte auf den blauen Matsch, in dem zwei Smarties schwammen. Die aufgeweichte Eistüte saß schief auf dem, was einmal der Zwergenkopf gewesen war.

»Glaub nicht«, sagte ich.

»Dann gib her.«

Mit flachen Fingern zog sie die bunte Schale zu sich herüber. Wie sie da saß und löffelte, tief über den Tisch gebeugt, und sich die Smarties in den Mund steckte, kam es mir plötzlich so vor, als wäre sie auch elf, wie ich. Oder sogar erst zehn.

Doch als der Kellner kam und sie »Alles zusammen« sagte, war sie wieder ganz erwachsen. Ich bedankte mich. Sie legte einen Zehner auf den Tisch.

Mich durchfuhr der Gedanke, dass dieser Zehner vielleicht mal in Pax' Portemonnaie gelegen hatte. Dass Sonja und ich unser Geld womöglich aus dem gleichen Portemonnaie bezogen.

Auf dem Weg zum Fahrradständer ging ich etwas schneller, um unauffällig unsere Räder auseinanderzuschließen. Ich fuhrwerkte noch an dem Schloss herum, als Sonja schon neben mir stand. Aber sie sagte nichts.

Auf ihrem T-Shirt stand *I Love Cats.*

# 24.

Franziska hat recht: Das Abschleppseil ist im Kofferraum. Daneben steht der graue Pappkarton aus dem Krankenhaus.

Der Deckel hakt, dann geht er ab. Eine Flasche Bluna, ein Buch mit grünem Einband und fünf bunte Schokoladen-Adventskalender.

Die Bluna geht mit dem Feuerzeug auf.

Sie schmeckt weniger süß, als ich dachte. Vielleicht hat Pax die Bluna wirklich geschmeckt. Obwohl er es eigentlich immer ganz besonders süß mochte, viel süßer als Lilli und ich. Als würde die Süße nur in ihrer Extremform zu ihm durchdringen. Zum Schluss hat Pax alles Süße in sich hineingeschlungen. Ganze Zitronenkuchen mit Zuckerguss. Tütenweise Gummibärchen. Und natürlich die Adventskalender. Die fünf in dem grauen Pappkarton sehen alle gleich aus: Ein pausbäckiger Weihnachtsmann liest sich einen Wunschzettel durch, während die Weihnachtswichtel schon mal den Baum dekorieren. Was steht wohl drauf auf dem Wunschzettel? Hat Pax darüber nachgedacht? Oder hat er das Bild gar nicht gesehen, weil ihn nur die Schokolade interessierte?

Die Schokolade ist weiß angelaufen und brüchig.

Der Stiefel aus der Tür mit der Sechs schmeckt alt. Die Glocke aus der Tür mit der Dreiundzwanzig auch. Ich muss sie mit einem Schluck Bluna herunterspülen.

Nein, die alte Schokolade kann es nicht gewesen sein, was Pax an den Kalendern so gefallen hat. Vielleicht der reduzierte Preis. Oder die Plastikmulden, die zurückbleiben, wenn man die Schokolade herausnimmt. Die fühlen sich so glatt an und so unbestimmt. Man kann nur erahnen, was für eine Schokoladenform die Mulde enthalten hat. Vielleicht hat Pax sich die Welt so gewünscht. Weniger scharfkantig.

Oder aber er wollte immer wieder das Gefühl haben, bei einem Adventskalender alle Türchen auf einmal öffnen zu dürfen. Das könnte ich verstehen.

In der Tür mit der Dreizehn ist ein Engel.

Engel schlucken ist schwer.

Hat Pax die Türchen in der richtigen Reihenfolge geöffnet? Oder andersherum? Oder wild durcheinander? Nein, nein, ich weiß es: Er hat, ohne hinzusehen, ein Türchen nach dem anderen aufgemacht, die Schokolade herausgefriemelt, sich in den Mund gesteckt, den Blick in ein Buch vertieft.

Ein Buch mit grünem Einband. Von den vielen Büchern, die sich in unserem Haus stapeln, hat Pax in den letzten Wochen immer dieses gewählt. Er muss es sogar ins Krankenhaus mitgenommen haben. Jetzt liegt es neben den Adventskalendern.

*Friedrich Nietzsche Gesammelte Werke*, ist in goldener Schrift hineingeprägt. An einer Stelle ist ein Eselsohr. Typisch: Es gibt ein wunderschönes grünes Lesebändchen, aber Pax hat sich die Stelle markiert, indem er eine Seite einknickt. Egal, wie sehr er seine Bücher geliebt hat, besonders gut umgegangen ist er nie mit ihnen. Auf der Seite mit dem Eselsohr sind zwei schokoladige Fingerabdrücke.

*Wie steht hinter jedem sein Schatten, sein dunkler Weggefährte! Jeder will der Erste in dieser Zukunft sein, — und doch ist Tod und Todtenstille das einzig Sichere und das Allen Gemeinsame dieser Zukunft! Wie seltsam, dass diese einzige Sicherheit und Gemeinsamkeit fast gar Nichts über die Menschen vermag und dass sie* am Weitesten *davon entfernt sind, sich als die Brüderschaft des Todes zu fühlen!*

Das ist es.

Das ist es, was mich so verrückt macht.

Wir sind eine Brüderschaft des Todes. Aber keiner weiß es. Oder: keiner gibt es zu.

Vielleicht bin ich doch nicht verrückt geworden, wenn einer wie Nietzsche das so beschreibt. Andererseits: war Nietzsche nicht auch irgendwie verrückt?

*Sind wir nicht alle ein bisschen Bluna?*

Weiß ich seit heute, wie die Welt wirklich ist, und die anderen leben weiter in der Illusion? Oder lebe *ich* seit heute in der Illusion? Beide Gedanken machen mir Angst.

Ich bin allein.

Ich bin die Angst.

Schnell, alle Türen des Adventskalenders auf und die

Schokolade in den Mund. Deshalb also hat Pax diese Kalender so geliebt: Weil er mehr wusste als die gesunden Leute. Weil er wusste, dass es nicht die Schokolade ist, die am 6., 13. oder 24. Dezember hinter dem Türchen wartet. Sondern der Tag. Hinter jedem Türchen ein neuer Tag. Und alle Tage verschwendet, wenn man sie mit Warten auf die nächste Schokolade verbringt.

Die Schokolade quillt in meinem Mund.

Ein Absatz im Buch ist unterstrichen, mit einem Ausrufezeichen am Rand.

*Es macht mich glücklich, zu sehen, dass die Menschen den Gedanken an den Tod durchaus nicht denken wollen! Ich möchte gern Etwas dazu tun, ihnen den Gedanken an das Leben noch hundertmal* denkenswerter *zu machen.*

Über *glücklich* ist ein Schokoladenfleck.

Das hat Pax unterstrichen. Oder? Pax wird dieses Buch, wie alle anderen auch, antiquarisch gekauft haben. Aber das Ausrufezeichen am Rand, das sieht nach seiner Schrift aus, und das ist sein Füller mit der breiten Spitze und der grünen Tinte. Wenn es wirklich Pax war, der das markiert hat, dann hieße das, dass er nicht gewollt hätte, dass ich die Illusion durchschaue. Dass er gewollt hätte, dass ich mit den anderen feiere.

Den Karton in den Kofferraum, den Kofferraum zu.

Zurück über den Trampelpfad in den Wald. In den Baumkronen hängt in Fetzen der Nebel. Es ist vollkommen still. Aber irgendwo hier müssen die anderen sein. Wie plötzlich der Nebel kommt. So als wäre er immer schon da und würde sich von einer Sekunde zur anderen zu erkennen geben.

Noch mal ein Stück zurück, vielleicht habe ich sie gerade übersehen. Ist das die gleiche Wurzel, über die ich vorhin gestolpert bin? Ich muss ganz nah dran sein, hier irgendwo sind sie, bestimmt.

Stimmen.

»Heiho, heiho, wir sind vergnügt und froh, und noch'n Bier und noch'n Korn, heiho, heiho, heiho!«

Das ist unser Zwergenlied.

»Wir rackern und wir plagen uns den lieben langen Tag. Wir pauken, lernen, pausenlos, so geht es Schlag auf Schlag.«

Jetzt kommt mein Part.

Mit Thereses Stimme. »Es ist kein Trick, mit viel Geschick, und noch viel mehr Gespick …«,

»Franziska! Franziska, ich bin's Jolanda, ich bin hier! Ich finde euch nicht!«

»… macht jeder hier sein Glück!«

»Heiho, heiho, wir sind vergnügt und froh, und noch'n Bier und noch'n Korn, heiho, heiho, heiho!«

»Franziska!«

»Zwerge aller Länder, vereinigt euch!«, ruft Franziska.

Die Zwerge applaudieren sich selbst.

## 25.

Nach dem Eiscafébesuch mit Sonja fuhr ich jeden Nachmittag in den Ort, setzte mich auf die Bank vor dem Rathaus und wartete. Es dauerte dreizehn Tage, bis sie wieder auftauchte. Während sie ihr Fahrrad anschloss, stellte ich mich schnell vor die Drogerie.

»Ach, hallo, Sonja!«, rief ich. Sonja sah zu mir herüber. »Sonja!«, rief ich noch mal. Und tatsächlich, sie winkte und kam zu mir.

»Vorschlag«, sagte sie, als wären wir verabredet gewesen, »wir erledigen unsere Einkäufe und dann gehen wir einen Kaffee trinken!«

Ihre Fingernägel waren schlumpfeisblau, mit goldenen Sternchen darauf.

»Was willst du heute kaufen?«, fragte ich Sonja.

»Selbstbräuner«, sagte sie.

Ich wusste nicht, was Selbstbräuner sein sollte. Aber ich nickte.

»Das ist eine Creme, von der man braun wird, ohne in die Sonne zu gehen«, erklärte Sonja.

Das leuchtete mir ein.

»Brauchst du die, weil hier so selten die Sonne scheint?«

Sonja lachte und sah wieder aus wie elf.

In der Drogerie konnte ich die Verkäuferinnen mit den Zähnen knirschen hören. An Sonjas Seite mussten sie mich akzeptieren. Ich war der Anhang einer zahlenden Kundin. Nein, nicht der Anhang. Ich war eine wichtige Beraterin. Ich riet Sonja zu einem Selbstbräuner für empfindliche Haut. Ich empfahl ihr die künstlichen Wimpern ohne Strasssteine, weil ihre Augen schon so glitzerten. Ich schlug ihr einen dunkelroten Lippenstift vor, der ihre geschwungenen Lippen zur Geltung bringen würde.

»Du darfst dir was aussuchen«, sagte Sonja.

Ich wählte ein Fläschchen grünen Nagellack.

»Den trage ich dir gleich im Café auf«, sagte Sonja. »Auch mit Strasssteinen?«, fragte ich. Sonja nickte. »Auch mit Strasssteinen.«

Dieses Mal bestellte ich mir einen Cappuccino. Er schmeckte furchtbar bitter und ließ mein Herz noch schneller klopfen. Sonja nahm meine rechte Hand und strich über meine Finger. Ihre Haut war rauer, als ich gedacht hatte. »Dann wollen wir mal!«, sagte sie. Sie schraubte das Nagellackfläschchen auf. Der scharfe Geruch gefiel mir. Auf eine chemische Art roch der Lack grün. Sonja fuhr mit dem Pinsel über den Nagel meines rechten Zeigefingers. Der Lack legte sich schwer darauf. Sonja arbeitete schnell und gründlich. Sie brauchte nicht mehr als drei Pinselstriche pro Nagel und sie musste nie eine Stelle korrigieren. Ich wünschte mir, vier Hände mit zwanzig Fingern zu haben.

Schließlich setzte Sonja mit einer Pinzette kleine goldene Strasssteine auf meine Nägel. Sie glitzerten genau wie bei ihr.

»Danke.«

Sonja lächelte. Sie legte ihre Marlboro Lights auf den Tisch und steckte sich eine Zigarette in den Mund. Ich holte eine Schachtel Streichhölzer hervor. Sie war blau und rot. Ich hielt sie Sonja hin. »Bitte schön.«

*Cherry Club*, stand darauf.

Sonja zuckte zusammen.

Ich war genauso erschrocken wie sie. Über den Nagellack und die Strasssteinchen war mir entfallen, dass ich die Schachtel aus Pax' Jackentasche genommen hatte, um zu sehen, wie Sonja darauf reagieren würde.

Sonja fuhr mich an: »Halt die Hände ruhig! Der Lack ist noch feucht!«

Ich ließ die Schachtel fallen.

Sonja fegte sie vom Tisch und holte ein Feuerzeug heraus. Ihre Zigarette schlug Funken, so stark zog sie daran.

Ich sah ihr beim Rauchen zu.

»Mein Vater raucht Pfeife«, sagte ich.

»Meiner auch«, sagte Sonja.

Dann drückte sie ihre Zigarette aus, legte einen Zehner auf den Tisch, packte den Nagellack ein und stand auf. Ich wollte mit ihr gehen, aber Sonja drückte mich zurück auf den Stuhl. »Du musst noch sitzen bleiben, bis der Lack trocken ist. Das dauert mindestens eine halbe Stunde.«

Ich schaute Sonja zu, wie sie ihr Fahrrad aufschloss,

aufstieg und losfuhr. Mit meinen lacknassen Nägeln konnte ich nicht mal von meinem Cappuccino trinken, wenn ich mich nicht herunterbeugen und ihn aus der Tasse schlecken wollte wie eine Katze. Aber mir war ohnehin die Lust vergangen auf das bittere Zeug. Ich stellte mir vor, wie Sonja jetzt zum Cherry Club fuhr und sich mit Pax traf. Um was zu tun? Ich sah die Querschnitte aus dem Aufklärungsunterricht vor mir, beschriftete Penisse und Vaginas und das »Schlüssel-Schloss«-Prinzip. Trotzdem konnte ich mir nichts anderes vorstellen, als dass Sonja Pax die Nägel lackierte, grün wahrscheinlich. Mit meinem Nagellack! Sonja hatte ihn einfach mitgenommen. Nur das Röhrchen mit den Strasssteinen hatte sie auf dem Tisch liegen gelassen.

»Wer schön sein will, muss leiden, was?« Der Kellner nahm sich den Zehner vom Tisch.

»Stimmt so«, murmelte ich. Dann stand ich auf.

Der Lack war noch nicht trocken. Als ich mein Fahrradschloss mit flachen Fingern aufmachte, bildeten sich erste Risse und Schnitte in den grünen Oberflächen. Auf der Fahrt nach Hause setzten sich kleine Fliegen und Blüten zwischen die Strasssteine.

Zu Hause saß Pax in einem Stuhl auf dem Deich und rauchte Pfeife. Seine Nägel waren unlackiert und gelb vom Tabak, wie immer. Aber er schaute nicht zum Dülleroogsand, so wie sonst. Er sah in Richtung Festland.

In Richtung Cherry Club?

Ich stellte mich neben Pax und atmete den süßen Pfeifenrauch ein. »Wollen wir rausgehen, nach der Jolande schauen?«

Pax schüttelte den Kopf. »Das bringt heute nichts.«

»Und wenn sie gerade heute hochkommt?«

Pax klopfte seine Pfeife am Absatz seines Schuhs aus. »Die kommt heute nicht hoch, da bin ich ganz sicher.«

Ich sah aufs Watt und fragte mich, warum ich nicht erleichtert war. Sonja hatte doch das erreicht, was ich mir schon lange wünschte: dass Pax nicht mehr ins Watt ging.

Beim Abendessen trug Pax seinen Anzug und die Krawatte. Ich griff mein Glas so, wie Sonja immer ihre Tasse anfasste: mit flachen Fingern, sodass meine Nägel besonders gut zur Geltung kamen. Dabei beobachtete ich Pax' Reaktion. Aber er schien nichts zu bemerken. Ich kaute an den Fingernägeln, so wie ich es bei Sonja gesehen hatte: Ich hielt mir den Zeigefinger quer vor den Mund und nahm den Fingernagel sanft zwischen die Zähne. Dazu schaute ich so wie Sonja – hungrig und fiebrig. Pax legte sein Besteck zur Seite.

»Ich muss noch mal weg«, sagte er.

»Wohin denn?«, fragte ich.

»Raus«, sagte Pax.

»Ins Watt?«

»Nein.«

»Darf ich mitkommen?«

»Nein.«

»Warum nicht?«

»Jolanda!«, zischte Constanze. »Lass es!«

»Landalass!«, quäkte Lilli.

Pax strich Lilli über den Kopf. »Tschüss, mein Spätzchen!«

»Grüß Sonja von mir!«, brüllte ich Pax hinterher. Ich hörte die Tür zuschlagen.

»Jolanda!« Es war das erste Mal, dass Constanze meinen Namen mit der Stimme sagte, die sie sonst nur für »Pax!« verwendete. Eine seufzende Stimme, eine Stimme, die dort um Vernunft warb, wo doch keine zu bekommen sein würde.

Ich rannte raus, schwang mich auf mein Rad und raste durch die Dämmerung zur Fähre. Gerade fuhr das letzte Auto auf. Unser Auto. Ich stellte mich auf der Spur für Fahrradfahrer und Fußgänger direkt neben unseren Wagen und blickte Pax durch das Beifahrerfenster hindurch an. Er schaute starr geradeaus. So verbrachten wir die halbstündige Überfahrt. Das Meer war so glatt wie sonst nie.

Am anderen Ufer gab Pax Gas, so viel, dass der Motor aufheulte. Er raste davon.

Ich fuhr hinterher. Natürlich hatte Pax mich schon bald abgehängt. Aber ich kannte ja sein Ziel.

Vor dem Cherry Club parkte unser Auto am Straßenrand. Es stand gefährlich schief und sah aus, als könnte es jederzeit in den Straßengraben kippen. Ich sah hinüber zum Gebäude. Die Fenster waren mit weißen Blümchengardinen verhüllt. An der Eingangstür stand Pax. Er drückte gerade auf die Klingel. Es dauerte eine ganze Weile, dann machte Sonja auf. Sie trug einen plüschigen pinkfarbenen Bademantel. Im Schein der Flurbeleuchtung sah ich, wie Pax ihr zwei Küsschen gab. Eines rechts, eines links. Sonja lächelte. Sie schaute Pax an, als wäre er das achte Weltwunder. Es kam mir vor, als würde Pax' Silhouette unter ihrem Blick klarer werden, schärfer. Und plötzlich verstand ich: Es ging nicht darum, was Pax an Sonja gefiel. Es ging darum, wie Sonja Pax ansah. Ihre Blicke waren sein Sturm.

Sonja zog Pax ins Haus. Die Tür schloss sich. »Sonja!«, schrie ich, »Sonja!« Das Haus lag völlig still, nur die Leuchtreklame flackerte. Ich stellte mein Fahrrad ab und ging hinüber. Die Tür war verschlossen. Auf mein Klingeln geschah lange nichts, dann öffnete sich eine Klappe in der Tür und ein Mann schaute hindurch. »Ja?«, sagte er.

»Ich möchte zu Sonja.«

»Sonja hat keine Zeit.«

»Aber es ist dringend.«

»Hör mal Mädchen, verschwinde hier besser. Das ist nichts für dich.«

»Was macht Sonja denn?«

»Arbeitet.«

»Was arbeitet sie denn?«

Der Mann lachte.

»Das lass dir mal besser von deiner Mutter erklären.«

Ich fragte mich, warum ausgerechnet meine Mutter

mir erklären sollte, was Sonja und mein Vater hier machten, aber das sagte ich dem Mann nicht.

»Fahr mal besser nach Hause, bevor es dunkel wird.«

*Bevor es dunkel wird.* So wie der Mann es sagte, klang es nach mehr als nur einem Sonnenuntergang.

»Können Sie Sonja was von mir geben?«

»Kann ich machen.«

Ich holte das Röhrchen mit den Strasssteinen aus der Tasche, stellte mich auf Zehenspitzen und reichte es dem Mann durch die Luke.

»Alles klar«, sagte der Mann.

»Alles klar«, sagte ich auch.

Am nächsten Tag war von Sonja nichts zu sehen, egal, wie sehr ich sie suchte: vor der Drogerie, vor dem Eiscafé, vor dem Cherry Club. Eine Woche lang blieb sie verschwunden.

Pax fuhr auf einen Schatzsucherkongress.

Als er weg war, entdeckte ich Sonja. Sie saß vor dem Eiscafé und rauchte. Ihre Fingernägel waren weiß lackiert, mit goldenen Strasssteinchen. Das Röhrchen war also bei ihr angekommen. Ich traute mich nicht, einfach zu ihr zu gehen, und setzte mich auf eine Bank in der Nähe. Ich sah ihr zu: wie sie ihren Cappuccino bekam, wie sie die Tasse mit flachen Fingern fasste, wie sie trank. Ich war so versunken, dass ich Franziska neben mir erst bemerkte, als sie anfing zu sprechen.

»Tja, jetzt wo dein Vater mal wieder in der Klapse ist, hat die Nutte Zeit, Kaffee zu trinken.«

Franziska lachte.

Ich saß da, als hätte jemand eine riesige Flasche Nagellack über mir ausgegossen. Als wäre ich über und über mit einer schweren Schicht bezogen.

»Ist doch nichts dabei«, sagte Franziska. »Mein Vater geht auch in den Cherry Club, Männer sind so, sagt meine Mutter. Die brauchen das.«

*Männer.* Dass es auch damit zu tun haben könnte, dass Pax ein *Mann* war – diese Erklärung nahm ich dankbar auf. Bisher war ich fest davon ausgegangen, dass es daran lag, dass Pax *Pax* war.

Ich sah Sonja dabei zu, wie sie in ihrer Tasche wühlte und ihr Portemonnaie herausholte.

»Wie lange bleibt dein Vater denn diesmal in der Klapse?«, fragte Franziska.

»Mein Vater ist in keiner *Klapse*. Mein Vater ist auf einem Schatzsucherkon ...«

Und dann verstand ich es: Es gab keinen Schatzsucherkongress. Es hatte nie einen gegeben. Und ich hatte das gewusst, schon lange.

Franziska lachte leise. »Meine Mutter sagt, das ist eben so: Schuster haben die schlechtesten Schuhe, und Psychologinnen haben die verrücktesten Ehemänner.«

Ich sah Franziska an. Sie zuckte die Achseln und lachte.

Ich fühlte mich unendlich erleichtert.

Als ich wieder zur Caféterrasse schaute, war Sonja verschwunden.

Ein paar Tage später wurde ich zwölf Jahre alt. Zwischen meinen Geschenkpäckchen lagen auch zwei bunte Umschläge. Einer rot, einer grün. Auf beiden stand in Constanzes Schrift *Für Jolanda.* Ich machte die Umschläge auf. In dem roten war eine Karte, auf der *Constanze* stand. In dem grünen war eine Karte, auf der *Pax* stand. Ich fragte mich, warum die Karten in verschiedenen Umschlägen waren. Constanze lächelte. »Verstehst du es?

»Trennt ihr euch?«

»Was? Nein.« Constanze lachte. »Wir schenken dir doch keine Trennung zum Geburtstag. Du hast Ideen, Jolanda.«

»Ach so. Dann weiß ich nicht, was das heißt.«

Constanze legte den Arm um mich. »Es heißt, dass du uns ab heute *Pax* und *Constanze* nennen darfst statt *Papa* und *Mama*.«

»Mama!«, quiekte Lilli.

»Ach so. Danke.«

»Du bist jetzt schließlich schon fast erwachsen.«

»Und wenn ich lieber Mama und Papa sagen will?«

Constanze strich Lilli über die Wange.

»Das kannst du natürlich machen. Ich dachte nur, dass ist dir vielleicht langsam zu kindisch. Oder?«

Ich nickte. »Ja. Stimmt.«

## 26.

Wo ist der Parkplatz?
Wo ist der Schulhof?

Ich kann keines von beidem finden. Dabei höre ich die anderen deutlich: Wie sie singen, wie sie grölen, wie sie lachen. Wie sie mit Flaschen nacheinander schmeißen.

Aber ich sehe nur Bäume. Um ihre Stämme winden sich Nebelschwaden.

Dieser Wald war doch immer so klein, ein Wäldchen nur, jetzt ist er riesengroß. Ich finde nicht hinaus. Wenn ich wenigstens auf die kleine Kapelle stoßen würde, dann hätte ich einen Orientierungspunkt. Aber sogar die Kapelle versteckt sich vor mir. Vielleicht, weil ich nie hineingegangen bin. Weil ich jeden Schulgottesdienst geschwänzt habe. Weil ich mich nicht habe konfirmieren lassen. Aber ich hatte doch einen guten Grund dafür: Ich glaubte nicht an Gott und hatte Angst, dass, falls es ihn doch gäbe, er mich für ein gelogenes Glaubensbekenntnis bestrafen würde. Es war nicht leicht, das zu erklären. Nachdem der Brief von der Gemeinde gekommen war, bin ich dem Pastor ausgewichen, so gut es ging.

Die Bäume rascheln über mir.

Auf dem Friedhof der Heimatlosen hat er mich dann erwischt, der Pastor, an einem der Gräber mit dem schwarzen Kreuz. Es war schwer, dem Impuls zu widerstehen, einfach wegzulaufen. Aus den Augenwinkeln habe ich zum Pastor hinübergeschaut. Er trug wie immer ein dunkles T-Shirt unter einem schwarzen Sakko. Seine grauen Haare waren verwuschelt vom Wind.

»Du magst den Friedhof der Heimatlosen, was?«

Ich wusste nicht, was ich antworten sollte. Durfte man einen Friedhof mögen?

»Das hier ist eine Heimat für Heimatlose«, erklärte der Pastor.

»Für tote Heimatlose«, murmelte ich.

Der Pastor schien mich nicht gehört zu haben. »Hast du Lust, mit in die Kirche zu kommen?« Er legte seine Hand auf meine Schulter, sanft, aber doch so, als wollte er deutlich machen, dass das keine Frage war.

Ich ging mit in die Kirche.

Drinnen war es sehr kalt und dämmrig. Der Pastor setzte sich auf eine Bank und zeigte auf das kurze Ende rechts von sich. Ich quetschte mich neben ihn.

»So«, sagte der Pastor. »Ich habe nur eine Frage: Warum?«

Obwohl er nicht laut sprach, hallte seine Stimme in der Kirche wider. Ich sah die eisernen Blumen an: knospend, aufblühend, in voller Blüte, abblühend und verwelkt.

»Zimmerpflanzen wachsen durch das Wohnungsklima oft schneller, als es ihrem Entwicklungsstand eigentlich entspricht«, sagte der Pastor und sah mich bedeutungsschwer an.

»Interessant«, sagte ich.

»Willst du dich deshalb nicht konfirmieren lassen? Weil du dich noch nicht reif fühlst?«

»Nee, weil ich nicht gläubig bin«, nuschelte ich.

»Willst du nicht glauben?«, fragte der Pastor.

Die Frage schien mir dämlich und hellsichtig zu gleich. Ich dachte daran, wie viele Jahre ich geglaubt hatte, dass Pax auf Schatzsucherkongresse fuhr, auch dann noch, als ich längst alt genug war, um zu wissen, dass es so etwas wie einen Schatzsucherkongress nicht gibt.

»Auch wenn du dich nicht konfirmieren lässt, kannst du immer zu mir kommen«, sagte der Pastor. »Wenn du reden willst oder Hilfe brauchst.«

Mir wurde klar, dass ich, ohne etwas zu sagen, dem Pastor schon viel zu viel verraten hatte. Durch mein überkorrektes Verhalten hatte ich mich verdächtig gemacht. Ich hätte die verdammte Konfirmation einfach mitmachen sollen, ob Glaube oder nicht, das war doch egal.

Ich stand auf. »Danke, aber ich brauche keine Hilfe. Meine Mutter ist selbst Psychologin.«

»Trost ist mehr als Psychologie!«, rief der Pastor mir nach.

Es klang wie ein verzweifelter Werbeslogan für ein Produkt, das keine Käufer mehr findet.

Aber er hat recht.

Nur: Was ist Trost? In den Arm genommen werden? Aufgeheitert werden? Süßigkeiten?

Der Waldboden ist weich und moosig. Und gar nicht so kalt, wie man denken würde. Der Mond scheint sanft durch den Nebel wie durch einen Lampenschirm.

Es kommt mir vor, als hätte ich mit Franziska und den anderen immer nach Bedeutung gesucht, nach etwas Existenziellem, nach dem wahren Leben. Wenn wir uns ewige Freundschaft geschworen haben. Wenn wir über den Sinn des Lebens diskutierten. Aber jetzt, wo es wirklich existenziell wird, drehe ich durch. Weil ich dachte, das Existenzielle wäre nur eine Spielart des Alltäglichen. Aber es ist etwas vollkommen anderes. Das Leben hat weit ausgeholt, mir in die Fresse gehauen und gesagt: *Das* ist das wahre Leben.

Mein Bart juckt.

Wie ausgefeilt diese Nulltagfeier ist. Wie organisiert und durchgeplant bis ins letzte Detail. Das Dekorieren der Schule. Die Streiche, die wir morgen den Lehrern und den anderen Schülern spielen werden. Die Feier heute Nacht. Unsere Kostüme.

Dabei ist das alles nichts. Was nutzt ein Abitur, wenn man doch stirbt? Die auf dem Schulhof feiern und feiern und wissen es nicht.

Dass sie es nicht wissen: Vielleicht ist das der wahre Grund zu feiern.

Ich sollte es ihnen gönnen.

Nietzsche hätte es ihnen gegönnt.

Hätte Pax es ihnen gegönnt?

Pax.

Wenn ich hier liegen bleibe und mich von den Würmern fressen lasse, vielleicht ist Pax dann frei. Vielleicht kommt er dann morgen aus dem Krankenhaus und legt sich in das Aufstehbett im Wohnzimmer.

Aber es kommen keine Würmer.

Es kommt der Tod. Er legt sich neben mich. Er schaut mich nicht an. Seine weiße Haut ist zerfetzt und blutig, seine Sense abgeknickt. Er schaut in den Himmel.

»Es fühlt sich nur so an, als würde man keine Luft bekommen«, sagt der Tod mit Rubens Stimme.

Ich drehe mich um und weine.

## 27.

Der Morgen, als Pax von der Polizei nach Hause gebracht wurde, der Morgen meiner Kunst-Vorklausur: Dieser Morgen ist erst drei Tage her. Ich hatte schon seit dem Aufstehen das Klausurgefühl im Magen, eine Mischung aus Aufregung und Angst, die je nach Fach mehr in Richtung Aufregung oder mehr in Richtung Angst ausschlug. Obwohl an diesem Tag die Aufregung überwog, fühlte ich mich ängstlich, denn wir waren spät dran. Lilli konnte die Landkarte nicht finden, die sie mit Filzstiften von der Umgebung gemalt hatte. Ohne die Karte war sie nicht bereit, zur Schule zu fahren: »Sonst verfahren wir uns hinterher!« Dass es zur Fähre eigentlich immer nur geradeaus ging, dass wir auf dem Festland den immer gleichen Weg zur Grundschule fuhren, dass wir uns noch nie verfahren hatten: All das überzeugte Lilli nicht. Sie vertraute nur ihrer eigenen Karte, die sie jeden Morgen, wenn ich sie zur Schule fuhr, auf den Knien hielt, um den Weg darauf mit dem Zeigefinger zu verfolgen. Und jetzt war die Karte unauffindbar. Alles war da: Lillis Lageplan vom Schulhof, ihre Karte mit den Fluchtwegen und Notausgängen des Schulgebäudes, ihre Topografie der Inseln und Halligen – nur die Umgebungskarte fehlte.

Als es an der Tür klingelte, hatte ich Lilli gerade am Handgelenk gepackt, um sie aus dem Haus und zum Auto zu zerren, damit wir nicht die Fähre verpassten. Lilli kreischte und schrie. »Pscht«, sagte ich, »Papa schläft!«, und öffnete die Tür.

Vor der Tür stand Pax. Rechts und links von ihm je ein Polizist. Lilli hörte auf zu kreischen. »Moin!« Der rechte Polizist nahm die Mütze ab, als wollte er uns kondolieren. Auch ohne Mütze war er immer noch einen Kopf größer als Pax, genau wie sein Kollege. Pax sah an uns vorbei in den Flur. Seine Schultern hingen tief. Seine Brillengläser waren beschlagen. Aus seinem braunen Wollmantel tropfte braunes Wasser, als würde die Farbe langsam aus Pax herauslaufen. »Hallo, Papa«, flüsterte Lilli. Pax sagte nichts.

»Ist das hier bei Jellerich? Sind Sie Frau Jellerich?«

»Ja.« Lilli und ich sprachen gleichzeitig. Die Polizisten schoben Pax ins Haus. »Die von der DLRG haben ihn verwirrt im Watt aufgegriffen. In der Wattenmeer-Schutzzone eins! Passen Sie demnächst besser auf ihn auf. Der geht Ihnen noch nackt vor die Tür.« Pax sah den Polizisten an, weder erstaunt noch wütend.

»Er sagt, er hat ein Schiff gesucht. Besitzt er ein Schiff?«

Pax ging an den Polizisten vorbei ins Haus, als hätte er mit all dem nichts zu tun.

»Besitzt er ein Schiff?«

Ich schüttelte nur den Kopf, obwohl ich den Polizisten so viel zu sagen gehabt hätte. Dass ich in dreiundneunzig Minuten eine Abiturklausur schrieb. Dass unsere Mutter immer mehr Schichten in der verhaltenstherapeutischen Klinik übernahm, weil wir eine marode Pension abbezahlen mussten, ohne einen einzigen Gast zu haben. Dass Lilli und ich es mit Pax alleine einfach nicht schafften. Dass er schließlich unser Vater war und wir ihm nichts vorschreiben und ihn nicht einsperren konnten, nur weil die Medikamente und das fehlende Blut ihn verwirrt machten. Dass das Krankenhaus ihn nicht mehr nahm, weil es keine Heilungschancen gab. Dass wir es einfach nicht hinbekamen mit ihm zu Hause, dass wir Angst hatten vor seinen verrückten Ideen und davor, dass er noch mal aus dem Bett fallen würde. Dass wir niemandem sagen durften, dass er Leukämie hatte, damit die Leute ihn nicht wie einen Kranken behandelten, und dass wir deshalb Doppelleben führten, die nicht mehr lange durchzuhalten waren.

Ich blieb noch an der offenen Tür, als die Polizisten schon längst nicht mehr da waren. Da, wo Pax gestanden hatte, war eine braune Wasserlache.

Und dann fuhr ich zur Schule. Ich brachte Pax nicht ins Krankenhaus, ich kochte ihm keinen heißen Tee, ich zog ihm nicht die nasse Kleidung aus.

Bevor ich in den Klassenraum ging, rief ich Constanze an. »Ich kann hier nicht weg«, sagte Constanze. »Ich auch nicht«, sagte ich.

Dann schrieb ich die Kunstklausur. *Vergleichen Sie die Pietà-Plastiken Michelangelos und Ernst Barlachs.* Sechs Stunden lang. Drei Stunden lang sah ich auf das

Foto der Pietà von Ernst Barlach. Der Soldat, der steif wie ein Brett auf dem Schoß Marias liegt. Der sich dem Trost querstellt. Maria, die ihn nicht hält, sondern ihre Hände auf ihm ablegt wie auf einem Tisch. Ich musste daran denken, wie es war, mit Pax zum Arzt zu gehen. Wie wir im Wartezimmer saßen, zusammen, als wäre die Krankheit etwas, das man zusammen erledigen kann. Und wie Pax dann aufgerufen wurde und hineinging, und ich sitzen blieb und *Frau im Spiegel* las wie eine Verräterin.

Ich sah auf mein leeres Blatt. Ich schielte nach rechts und links. Rechts cremte Franziska sich die Hände mit Handcreme ein. Sie tat das so systematisch und gründlich, als wären es ihre eingecremten Hände, für die sie am Ende der sechs Stunden eine Note erhalten würde. Jeden Finger schmierte sie einzeln ein, von oben nach unten nach oben, hielt sich besonders lange an den Nägeln auf, rieb dann die Hände ineinander und fing wieder von vorne an. Links fuhr Therese sich mit einem Pflegestift über den Mund, sog die Lippen ein, formte sie zu einem O, zeichnete das O langsam mit dem Stift nach, sog die Lippen wieder ein. Ich hatte mich immer gefragt, warum die anderen sich im Unterricht ständig eincremen mussten. Jetzt verstand ich es: Sie trugen eine Schutzschicht auf. Oder genauer: Sie reparierten die Lücken in ihrer Schutzschicht, die im Laufe des Schultags entstanden. Aber ich hatte weder Handcreme noch Lippenbalsam dabei. Ich wollte mich nach rechts beugen, um Franziska nach der Handcreme zu fragen.

Doch bevor ich etwas sagen konnte, geriet ich in ihren Kopf hinein. Ich sah aus ihren Augen auf ihr Blatt. Und dann schlüpfte ich in die Köpfe der anderen. Ich schaute mit allen im Raum auf ihre linierten und karierten Seiten, ich schrieb mit Kugelschreibern, Finelinern und Füllfederhaltern. Es war unerträglich, ich beugte mich nach rechts, riss Franziska die Tube aus der Hand und cremte: mein Gesicht, meine Hände, meine Arme. Ich rieb so fest, wie ich konnte. Die Creme roch nach Kamille. Ich zog meine Hosenbeine hoch und schmierte mir die Beine ein.

»Jolanda?« Franziska sah mich von der Seite an.

»Trockene Haut«, murmelte ich und gab ihr die Tube zurück.

»Jetzt aber Ruhe«, rief Herr Franz.

Ich spürte die dicke Cremeschicht auf meiner Haut.

Ich nickte.

»Du weißt ja, dass Frau Hebmeier auch Psychologie studiert hat, oder?« Mehr sagte Herr Franz nicht, als er nach sechs Stunden kam, um meine leeren Blätter einzusammeln. »Ja, ich weiß«, antwortete ich, »aber meine Mutter ist selbst Psychologin.«

Und wünschte, er würde sagen: »Was ist denn los?«

Aber Herr Franz nickte nur, erleichtert wahrscheinlich.

Zu Hause saß Pax am Wohnzimmertisch, in seinem braunen Wollmantel, auf dem der Schlick inzwischen getrocknet war. Der Mantel war steif wie ein Panzer. Pax trank Lambrusco und zitterte.

»Jolanda?«

Ich hasste dieses *Jolanda*. Es war so fordernd, so abhängig. Aber vielleicht konnte Pax gar nicht mehr anders Jolanda sagen.

»Jolanda?«

»Ja?«

»Versprichst du mir was?«

»Was denn?«

»Zeichne mich noch einmal, wenn ich gestorben bin. Damit die Serie komplett ist.«

*Gestorben*. Keiner von uns hatte das Wort bisher ausgesprochen.

»Gestorben?«

Pax lachte leise. »Verstorben, verschieden, von uns …«

»Du stirbst nicht.«

Das Dümmste, was ich jemals zu Pax gesagt habe.

»Versprichst du mir, dass du die Zeichnung machst? Sonst wirst du mit der Mappe bestimmt nicht angenommen.«

»Ja, aber du stirbst nicht.«

Pax zitterte.

»Ich rufe den Krankenwagen«, sagte ich.

»Nein«, sagte Pax.

Ich rief den Krankenwagen.

Pax kam ins Krankenhaus.

Pax starb im Krankenhaus.

## 28.

Ich muss geschlafen haben. Wer aufwacht, hat vorher geschlafen.

Logisch.

Es ist kalt und hell. Der Nebel hat sich aufgelöst. Oder er ist weitergezogen, um jemand anderem die Sicht zu nehmen. Von unten kommt es feucht. Es riecht nach Erkältungsbad.

Neben mir liegt eine geknickte Sense.

Die nehme ich mit.

Die Vögel singen.

Es ist schlimm, wenn man im Frühling stirbt.

Ist das ein Klischee?

Ja. So lange, bis man im Frühling stirbt.

Meine Zwergenkleider sind voll nasser Blätter und kleiner Äste.

Da vorne: Der Schulhof. Es ist absurd. Ich habe die Nacht direkt daneben verbracht. Und ihn doch nicht gefunden.

Die Glocke der kleinen Kapelle schlägt sechs Mal. Sechs Uhr. Etwas früh, um Lilli abzuholen. Die Luft ist kühl und neu. Es sind nur ein paar Schritte zum Parkplatz, aber meine Beine sind steif, wie bei einer Puppe ohne Gelenke.

Der Wagen springt ohne Stottern an.
Die Straßen sind leer.
Sie sehen alle aus wie frisch asphaltiert.

## 29.

Ich habe Glück. Die erste Fähre legt gerade an.

Der Kontrolleur will meine Fahrkarte auch jetzt nicht sehen. »Na, gut gefeiert?«

»Nein.«

Er grinst.

Am Horizont rote Wolkenflocken.

Heute steige ich aus.

Der Wind hält von außen die Autotür zu. Aber ich bin stärker.

Die Möwen lachen müde.

Es ist kein anderes Auto auf der Fähre. Falls der Kontrolleur mir seine Tasche zuwerfen und von der Fähre springen will, dann ist das heute seine große Chance.

Aber ich glaube, er will gar nicht. Er sieht ganz zufrieden aus.

Vielleicht weiß er, dass er hier im wahren Leben ist. Dass das Leben aus viel mehr Dazwischen als Ankommen besteht.

»Na, alles schick?«

»Nein. Mein Vater ist gestern gestorben.«

Er stutzt kurz.

Dann legt er mir die Hand auf die Schulter.

## 30.

Als ich das letzte Mal mit Pax und Lilli im Märchenpark war: Das war ein feuchter, bedeckter Tag. Lilli war vier, ich war vierzehn. Auf dem Parkplatz bildeten rote Tulpen den Schriftzug *Willkommen im Märchenpark*. Die Blumen sahen aus wie in Harz gegossen.

»Wann kommt *Brüderchen und Schwesterchen*?«, fragte Lilli.

»Gleich«, sagte Pax.

Vor dem schmiedeeisernen Eingang zum Park stand ein Milchpilz, der bei dem diesigen Wetter tatsächlich wirkte wie ein riesiger Fliegenpilz. Das Verkaufsfenster war geschlossen.

»Brause, ich will Brause!«, rief Lilli.

»Der Kiosk hat noch zu«, sagte Pax.

Ich hörte die Irritation in seiner Stimme und unterdrückte den Gedanken, dass ich all das hätte voraussehen und eine Tüte Brause mitnehmen sollen.

»Ich will aber Brause«, quengelte Lilli.

»Sie haben aber eben nun mal zu. Wir kaufen dir auf dem Rückweg woanders Brause, ja?« Pax' Stimme flötete.

»Ich will aber jetzt Brause!«

Pax schrie. »Es gibt aber gerade keine Brause!«

»Brause! Ich will Brause!«

»Versteh es doch endlich: Der verdammte Pilz hat verdammt noch mal geschlossen!«

Das Fenster im Pilz öffnete sich.

»Der verdammte Pilz hat jetzt auf.«

Der Mann im Milchpilz grinste über seinen eigenen Witz. Oder er freute sich einfach darüber, nicht zur Familie zu gehören.

Pax und Lilli ließen von einer Sekunde auf die andere ihre Schreigesichter fallen und lächelten höflich.

Lilli schaute zum Verkaufsfenster hoch. »Eine Tüte Brause, bitte.«

»Welche Geschmacksrichtung?«

»Walddingens.«

Der Mann reichte Lilli ein grünes Brausetütchen herunter.

»Geben Sie meiner großen Tochter auch eins«, sagte Pax großzügig.

»Ich will aber keine verdammte Brause.«

»Jolanda, ich warne dich!«

»Welche Geschmacksrichtung?«, fragte der Mann aus dem Pilz.

»Danke, ich möchte wirklich keine Brause.«

Pax bezahlte. »Sie ist im Kratzbürstenalter«, erklärte er dem Verkäufer.

Am *Herzlich willkommen im Märchenpark*-Tor blätterte die Farbe ab. Lilli und ich wollten hindurchgehen, aber Pax sagte: »Stopp!«

Wir blieben stehen.

Pax hob den Zeigefinger. »Erst die Brause. Sonst kommt man nicht rein in die magische Märchenwelt.«

»Ich will in keine verdammte Märchenwelt.«

Lilli wedelte mit der Tüte herum, als wollte sie meine Worte verscheuchen. »Papa, Papa, ich krieg die Tüte nicht auf!«

»Gib mal her.« Pax nahm die Tüte zwischen die Zähne und riss sie auf.

Grüner Brausestaub regnete auf Lilli herunter.

Lilli hüpfte. »Es wirkt, es wirkt! Ich bin magisch!«

Sie rannte durch das Tor, als wollte sie uns abhängen. Pax sah mich an. Dann ging er hinterher.

Ich holte die beiden bei den sieben Zwergen ein. Lilli warf gerade eine Münze in eine weiße Box. Ein Elektromotor fing laut an zu brummen, dann liefen die Zwerge mit einem Sarg auf den Schultern los.

»Da ist Schneewittchen drin«, erklärte Lilli, »aber in echt ist sie gar nicht tot.«

Rauschend setzte der Lautsprecher ein. Die Zwerge weinten und jammerten. Dann gab es einen Ruck, der Zwerg vorne rechts stolperte und der Sarg fiel auf den Boden. Schneewittchen richtete sich unter Motorengebrumm auf. Die Zwerge jubelten. Mit einem Klicken fror die Szene ein.

»Vorbei«, sagte Lilli. »Kommt jetzt *Brüderchen und Schwesterchen*?«

»Bald«, zischte Pax.

Doch es kamen: Rotkäppchen und Rübezahl, die sieben Schwäne, Schwaben und Raben und der Teufel mit den drei goldenen Haaren.

Pax und Lilli wurden immer nervöser.

Dann, endlich, Brüderchen und Schwesterchen.

Brüderchen kniete an einem echten Bach, der sehr original rauschte. Für Lillis Fünfziger beugte er sich darüber. Der Lautsprecher knisterte, der Bach raunte: »Wer aus mir trinkt, der wird ein Wolf, wer aus mir trinkt, der wird ein Wolf!«

»Brüderchen, trink nicht!«, rief Lilli mit Schwesterchen im Chor. Doch Brüderchen streckte die Hände in den Bach, schöpfte Wasser und trank.

»Nein«, schrie Lilli, »Das ist doch falsch! Der darf doch gar nicht trinken!«

Die Szene fror ein.

Lilli nicht.

»Das ist doch fa-ha-ha-halsch.« Sie schluchzte.

»Wein doch nicht, Lilli, du wolltest doch unbedingt Brüderchen und Schwesterchen sehen! Was ist denn jetzt?« Ich hörte Angst in Pax' Stimme.

Lilli schluchzte. »Der soll doch nicht trinken, der wird doch ein Wolf. Der soll doch nicht!«

Ich wartete darauf, dass Pax brüllte, wie undankbar Lilli sei und dass er das nicht mehr länger mitmachen werde.

Aber Pax brüllte nicht.

Pax nahm Lilli in den Arm. »Weißt du was, Lilli, die kennen das Märchen nicht richtig. Wir können das besser. Wir spielen das selbst. Ich bin Brüderchen und du bist Schwesterchen. Und Jolanda spricht den Bach. Ja?«

Lilli schniefte. »Ja, gut.«

Pax kniete sich an den Bach und schnaufte dabei laut. »Jolanda! Dein Part!«

Für einen Moment wollte ich etwas sagen wie: Ich will aber kein verdammter Bach sein. Doch dann sah ich Pax auf dem feuchten Waldboden knien, mit einem genauso eifrigen, erwartungsvollen Gesichtsausdruck wie Lilli.

Ich formte meine Hände zu einer Kugel und raunte hinein: »Wer aus mir trinkt, der wird ein Wolf, wer aus mir trinkt, der wird ein Wolf!«

»Trink nicht, Brüderchen!«, rief Lilli.

»Aber ich hab solchen Durst!« Pax beugte sich zum Bach herunter.

»Nein«, kreischte Lilli, »nicht! Nicht trinken! Du sollst kein Wolf werden!« Sie haute auf Pax' Rücken ein.

Pax richtete sich auf. »Dann eben nicht.«

Lilli strahlte und umarmte Pax. »Das hab ich gut gemacht, oder? Jetzt wirst du kein Wolf!«

Pax stand auf und klopfte sich die Erde von der Hose.

Wir gingen weiter. »Dann eben nicht«, sagte Lilli immer wieder leise zu sich selbst, »dann eben nicht!« Sie hüpfte voraus. »Zu Hause«, rief sie uns zu, »male ich eine Karte vom Märchenpark. Damit wir immer wissen, wo Brüderchen und Schwesterchen sind!«

Ich blieb ein Stück hinter Pax und Lilli zurück. Sein Schritt war schwerer geworden in den letzten Jahren, doch jetzt ging er leicht und federnd. Es war nicht zu erahnen, dass sich in ihm drin schon längst die weißen Blutkörperchen vermehrten.

»Da sind noch mal Zwerge, aber das sind viel zu viele!« Lilli kam zurückgerannt und nahm Pax an die Hand. »Wir müssen mal zusammen zählen. Ich glaube, das sind mehr als sieben.«

Es waren dreiundzwanzig. Sie saßen in einer gemütlichen Zwergenbutze zusammen. Und für einen Fünfziger fingen sie mit Engelsstimmen an zu singen.

*Auf Wiedersehn, auf Wiedersehn,*
*bleib nicht so lange fort*
*denn ohne dich ist's halb so schön*
*darauf hast du mein Wort.*

Dazu winkten sie mit ihren roten Taschentüchern.

*Auf Wiedersehn, auf Wiedersehn,*
*Das eine glaube mir:*
*Nachher wird es nochmal so schön,*
*Das Wiedersehn mit dir.*

Pax und Lilli sangen mit, er mit seiner tiefen, Lilli mit ihrer piepsigen Stimme: Auf Wiedersehn.

## 31.

Unser Haus wirkt so wie damals, als ich es zum ersten Mal bei der Besichtigung gesehen habe. Alles wie neu: Der rote Backstein, die weißen Fensterrahmen, die zwei Laternen. Als würde gleich ein Makler heraustreten, mich begrüßen und durchs Haus führen. Mir zeigen, was für ein Leben ich hier leben könnte.

Die Haustür steht offen. Hat jemand eingebrochen? Nein, ich habe sie offen stehen lassen. Vor hundert Jahren.

Der Platz in der Einfahrt ist frei. Constanze ist noch nicht vom Nachtdienst zurück. Das ist gut. Ich weiß noch nicht, wie ich ihr klarmachen soll, dass Pax tot ist. Aber ich werde es tun.

Hinter dem Deich lauern mit gesenkten Köpfen die Bagger und warten auf ihren Einsatz. Oder sie schlafen, ruhen sich aus, bevor sie wieder an die Arbeit müssen.

Auf dem Deich, mitten in der Baustelle, sitzt etwas. Ein Tier.

Ein Tier, das kein Schaf ist.

Ein graues Tier.

Ein Elefant.

Die Infanta sitzt auf dem Deich und schaut aufs Watt.

Die Infanta war mit Lilli unterwegs.

Wo ist Lilli?

Ich muss über die Absperrung klettern, ich muss hoch auf den Deich.

Ja, es ist die Infanta. Sie sieht aus, als würde sie hier Urlaub machen, ganz entspannt sitzt sie zwischen Baggern, Schubkarren und Schaufeln. Aber wo, verdammt noch mal, ist Lilli, Elena Maria Isabel Dominica? Wo hast du sie gelassen?

Der Rüssel der Infanta zeigt aufs Watt.

Am Horizont ein kleiner Punkt. Bewegt er sich? Kann das Lilli sein? Ist das Lilli, Infanta?

Die Infanta schweigt.

Ich muss ins Watt, ob ich will oder nicht. Ich muss hinterher.

Also die Zwergenschuhe ausziehen, durch die sandige Baustelle und los. Knöchelhoch kommt mir das Wasser entgegen. Als hätte es mich vermisst. Und ich laufe ihm in die Arme. Nicht Schritt für Schritt, nicht langsam und vorsichtig. Ich renne, soweit rennen im Watt möglich ist. Der Schlick hält mich fest, so wie er mich immer festgehalten hat. Es ist ihm ganz egal, was seitdem alles passiert ist. Und dass da draußen Lilli herumläuft, immer der Flut entgegen.

»Lilli! Lilliiiiiiiiiiiiiiiiiiiiiiiiiiiiiiiiiiiiiiiiiiiiiiiii!«

Der Punkt hört mich nicht.

Aber der Punkt ist langsamer als ich. Immerhin. Er wird größer.

»Lilliiiiii!«

Das Wasser läuft immer stärker auf, die Strömung ist deutlich zu sehen.

»Lilli!«

Bleibt der Punkt stehen? Vielleicht.

Ja, er ist stehen geblieben. Er wird größer und größer.

»Lilli!«

Der Punkt kommt auf mich zu. Der Punkt rennt auf mich zu.

»Jolanda!«

Der Punkt weint und rennt und rennt in mich hinein. Und weint in mich hinein.

»Jolanda!«

Lilli ist eiskalt und nass. Auf dem Rücken hat sie ihren Ranzen.

»Papa ist ins Watt, ins Watt … und er ist nicht nach Hause gekommen!«

»Lilli, Papa ist nicht im Watt.«

»Doch, er ist ins Watt gegangen, um nach der Jolande zu suchen. Schau mal, die Karte hat er mir gegeben. Hier ist genau eingezeichnet, wo Papa hingegangen ist. Da.«

Eine von Pax' letzten Karten. Schokoladenflecke. Wirre Linien, viel Blau. In die Mitte hat Pax wilde schwarze Kreise gemalt, vielleicht ist das ein Wirbelsturm. Darunter: Pax' Gesicht. Er hat sich mit wenigen Strichen gut getroffen: der leere Blick, der eigentlich gar nicht leer ist, sondern durch die Leere etwas Gehetztes bekommt. Als würde Pax ganz weit weg etwas sehen, das hinter ihm her ist. Um den Wirbelsturm wellt sich ein Meer aus blauen Strichen. Durch das Strichmeer führen dünne schwarze Linien zu kleinen Inseln. Auf die kleinste, nierenförmige Insel hat Pax Lillis Gesicht gezeichnet. Auch sie ist perfekt getroffen: Sie sieht aus, als würde sie gerade irgendwem irgendwas erklären. Sie ist sich ganz sicher. Auf der großen Insel weit weg vom Wirbelsturm prangt Constanzes Gesicht. Sie sieht aus, als würde sie gerade sagen: »Pax, innehalten und nachdenken!« Sie ist wunderschön. Wie eine Göttin ihrer Insel. Und auf der lang gezogenen Insel ganz nah am Wirbelsturm, da bin ich. Vielleicht ist das gar keine Insel. Es sieht eher aus wie Sand. Mein Gesicht schaut wütend zu Pax herüber.

»Verstehst du das?«, fragt Lilli. »Es gibt keinen Maßstab und auch keine Legende.«

»Nein, ich verstehe das nicht.«

Lillis Tränen verwischen Lillis Gesicht auf der Karte.

Ich zerknülle die verdammte Karte. Ich reiße sie in tausend Fetzen.

»Jolanda! Was machst du? Wie sollen wir Papa jetzt finden?«

Lilli haut auf mich ein. Ich stoße sie weg. Sie bückt sich und sammelt die Kartenfetzen aus dem Wasser.

»Lilli, Papa ist gestern gestorben. Im Krankenhaus.«

Lillis Nase läuft. »Das stimmt nicht, er ist ins Watt gegangen!«

»Lilli. Ich war gestern im Krankenhaus. Sie haben

mir seine Sachen gegeben. Sie haben mir gesagt, dass er gestorben ist. Es stimmt. Ich bin mir ganz sicher.«

»Das sagst du nur, weil du nicht willst, dass ich ihn weitersuche! Aua! Lass mich los!«

Das Wasser streicht um meine Knöchel. Nein, nicht mehr um die Knöchel. Es leckt schon an meinen Waden. Es geht Lilli bis ans Knie.

»Nein, Lilli, du bleibst jetzt hier! Du brauchst Papa nicht mehr zu suchen, er liegt tot im Leichenkühlraum.«

Lilli hält sich die Ohren zu und singt. »La, la, la, la«, eine schräge Melodie. Eine unheimliche Melodie.

»Aua! Lass meine Hände los! La, la, la, la!«

Lilli schreit ihren Kopf rot.

»Lilli, du hörst mir jetzt zu. Papa ist gestern gestorben. Und wir gehen nach Hause.«

Plötzlich hört Lilli auf zu zappeln und zu singen.

»Ich weiß, warum du das sagst.«

»Was?«

»Dass Papa tot ist. Damit ich ihn nicht retten kann. Weil du willst, dass er nie wieder nach Hause kommt. Weil du ihn nicht leiden kannst.«

Es regnet. Die Tropfen fallen schwer auf das Wasser.

Lilli dreht sich um und geht, in Richtung Horizont, in Richtung Flut. Sie kommt nur langsam voran, sie watet mit großen Schritten. Ich muss hinterher.

Es ist schwer, gegen das Wasser anzulaufen.

Meine Armbanduhr tickt.

Das Wasser läuft landeinwärts.

Die Möwen schreien und schütteln die Köpfe.

Die See ist so kalt, besonders in den Kniekehlen.

Der Regen ist so hart, besonders auf dem Kopf.

Hat Lilli recht? Habe ich mir gewünscht, dass Pax nicht mehr wiederkommt? Ja. Immer wieder habe ich mir das gewünscht. Und nichts so sehr gefürchtet.

Aber das ist jetzt egal.

So kalt.

»Lilli, wir müssen umdrehen! Lilli!«

Das stimmt nicht. Wir müssen nicht mehr umdrehen. Wir werden die Insel genauso wenig erreichen wie die Hallig. Warum ist sie nirgends? Wenn ich mit Pax im Watt war, konnte man die Hallig immer schon von Weitem sehen. Vielleicht sind wir zu stark nach links gegangen, vielleicht haben wir sie verfehlt.

Doch auch das ist jetzt egal. Es ist schön, stehen zu bleiben. Gegen das Seewasser ist der Regen fast warm. Hat Pax dieses Gefühl im Watt gesucht? Aufgeben zu dürfen? Nicht mehr kämpfen zu müssen, weil es sowieso zu spät ist? Ich könnte ihn verstehen.

»Jolanda!«

Lilli. Lilli zerrt an mir. Lilli geht das Wasser bis zum Oberschenkel.

»Wir müssen in die Rettungsbake da hinten! Wir ertrinken sonst!«

Lilli zieht an meinem Arm. »Jolanda, komm! Wir ertrinken!«

Lilli hat recht. Die Bake ist da vorne, nicht weit, aber das kann täuschen. Trotzdem müssen wir es versuchen.

»Jolanda, komm!«

Wir können mit der Strömung gehen, das ist gut. Aber wir dürfen uns ihr nicht überlassen, sonst trägt sie uns an der Bake vorbei. Ich muss Lilli ganz fest halten.

»Wir sind fast da, Jolanda!«

Wer hält wen? Ich weiß es nicht.

Der Regen wird noch stärker.

»Jolanda, ich hab sie! Ich hab die Hand an der Bake! Komm!«

Ich auch. Ich habe auch die Hand an der Bake.

Lilli klettert vor mir. Die Stufen sind glitschig. Lilli rutscht ab und tritt mir ins Gesicht. Es geht so weit nach oben. Unter uns wirbelt das Wasser. Meine Hände werden taub. Und wenn ich einfach loslasse?

»Jolanda, komm!«

»Schau nach vorne, Lilli, du fällst noch!«

»Nur wenn du versprichst, weiterzuklettern.«

»Ich verspreche es, Lilli, jetzt mach!«

Lillis türkisfarbenem Ranzen hinterher.

»Ich bin drin, Jolanda! Ich bin drin!«

Ich bin auch drin.

Lillis Wange ist feucht, aber das muss nicht von den Tränen kommen, alles um uns herum ist nass. Unter uns rauscht das Meer, auf uns fällt der Regen.

»Ich finde, sie hätten die Bake auch mit einem richtigen Dach machen können.« Lilli zieht die Nase hoch.

»Das finde ich auch.«

»Jolanda?«

»Ja?«

»Papa ist tot, oder?«

»Ja.«

»Jolanda?«

»Ja?«

»Ich meinte das nicht, dass du willst, dass er weg ist.«

Endlich. Der Regen wird weniger.

»Jolanda, dein Bart geht ab.«

Stimmt. Der Bart löst sich wie ein weich gewordenes Pflaster.

»Nicht! Du darfst ihn nicht ins Meer schmeißen, das ist Umweltverschmutzung!«

»Mach ich ja gar nicht, Lilli!«

Lilli zittert. Ihre Lippen sind blau. »Wi-willst du ein Kä-kä-käsebrot? Ich hab noch zwei im Ranzen, von vorgestern und vorvorgestern.«

»Nein, danke, Lilli.«

»Ist vielleicht auch besser, wenn wir sie aufheben. Wer weiß, wie lange wir hier drin bleiben müssen.«

Nein. Wir können hier nicht bis zur Ebbe bleiben. Es ist zu kalt. Wir brauchen Hilfe.

Die Signalgeber sind da, wo sie sein sollen, so wie Pax es mir gesagt hat: In einer Seitentasche in der Bakenwand.

»Was machst du, Jolanda?«

Lilli klingt schläfrig.

»Ich leuchte um Hilfe. Iss du doch am besten eins von den Käsebroten, Lilli. Du hattest ja gar kein Frühstück.«

»Nein, die sind so alt, das schmeckt nicht.«

»Dann reib deine Arme und Beine. Halt dich irgendwie wach. Ich leuchte nach Hilfe.«

Lilli klappert mit den Zähnen. Die Sonne kommt durch die Wolken.

Das Signallicht lässt sich mit einem Schalter an der Seite anknipsen. Es blinkt regelmäßig. Jetzt muss ich aufstehen.

Lilli klammert sich an meine Beine.

Das Wasser wird ruhiger.

Seltsam. Ich dachte immer, dass es peinlich sein muss, in einer Rettungsbake zu stehen und um Hilfe zu blinken. Aber das ist es nicht. Es ist ganz anders. Es ist jenseits von Peinlichkeit und Scham.

»Meinst du, die kommen bald?« Lilli spricht im Rhythmus ihrer klappernden Zähne.

»Ja, bestimmt. Reib schön deine Arme und Beine.«

Hoffentlich ist es nicht zu hell. Hoffentlich sieht man die Signalleuchte auch bei Sonnenschein.

»Wollen wir was singen?«, fragt Lilli.

»Was denn?«

»Grün, grün, grün«, singt Lilli und klappert, »sind alle meine Kleider, grün, grün, grün ist alles, was ich hab. Da-ru-hum lieb ich alles, was so grün ist, weil mein Schatz ein Jägermeister ist.«

Na gut. Also singen.

»Blau, blau, blau sind alle meine Kleider, blau, blau, blau ist alles, was ich hab, da-ru-hum lieb ich alles, was so blau ist, weil mein Schatz ein Leichtmatrose ist. Rot, rot, rot sind …«

Singt Lilli noch?

»Lilli, singen! Alleine kann ich nicht.«

Lilli klappert.

Lilli singt.

»Rot, rot, rot sind alle meine Kleider, rot, rot, rot ist alles, was ich hab. Da-ru-hum lieb ich alles, was so rot ist, weil mein Schatz ein Feuerwehrmann ist.«

»Moin, ihr da oben! Was seid ihr denn für Sirenen?«

Weil mein Schatz ein Rettungsschwimmer ist.

»Ihr braucht die Leuchte ja gar nicht, so laut wie ihr singt!«

Da steht es, das rote Amphibienfahrzeug, der Wattretter.

»Könnt ihr runtersteigen?«

»Ja«, klappern Lilli und ich zusammen.

Der Abstieg ist leicht.

Der Mann im roten Shirt hilft uns in das Fahrzeug. Es ist warm und trocken.

Er sagt nicht: Wie konntet ihr so blöd sein, bei auflaufendem Wasser ins Watt zu gehen?

Er sagt nicht: Habt ihr keinen Tidenkalender?

Er sagt: »Super, dass ihr Signal gegeben habt. Ihr wart gut zu sehen.«

»Das hat Jolanda gemacht«, erklärt Lilli.

Das Wasser spritzt zu uns hoch.

Der Motor heult auf. »Wir müssen schnell zurück, das Fahrzeug ist nur für Wassertiefen bis eins zwanzig gut, und das Wasser läuft jetzt schnell auf.«

Rechts und links Pricken, die uns den Weg zeigen.

Sie spiegeln sich mit den Wolken in der Wasseroberfläche.

Lilli holt etwas aus ihrem Ranzen. Hoffentlich nicht die Käsebrote.

Sie flüstert. »Jolanda.«

»Ja?«

»Mir ist was eingefallen. Ich weiß jetzt, wo Papa ist. Hier!«

*Falkplan Hamburg.*

»In Hamburg?«

»Nein, in der Karte! Er wohnt jetzt in einer Welt, wo alles wie auf einer Karte aussieht! Die Flüsse sind blaue Striche. Die Straßen sind gelbe und weiße Striche. Und sein Haus ist ein rotes Quadrat. Schau mal, zurzeit wohnt er vielleicht gerade in diesem hier.«

Natürlich. Pax' Himmel ist ein Falkplan. Pax wohnt in einem roten Quadrat und fährt auf weißen und gelben Linien durch die Welt. Und geht in den blauen Flecken schwimmen.

»Aber er muss auch nicht immer genau da bleiben«, erklärt Lilli. »Er kann in allen Karten der Welt wohnen.«

»Auch in Meyers Neuestem Zeitungs-Atlas für Alte und Neue Erdkunde?«

»Ja. Und auch in Andrees Allgemeinem Handatlas in 228 Haupt- und 198 Nebenkarten! In allen! In der Weltkartenwelt läuft er dann auf den Breitengraden herum. Da gibt's ja keine Straßen.«

»Die Breitengrade sind aber ziemlich schmal, meinst du nicht?«

»Dann muss er sich eben festhalten.«

Pax, der sich am fünfundvierzigsten Breitengrad festhält, um vom vierzigsten nicht herunterzufallen.

»Und zum Baden hat er in der Weltkartenwelt auch genug Blau.«

»Stimmt.«

»Jolanda, glaubst du mir nicht?«

Glaube ich Lilli?

»Jolanda? Glaubst du, dass das stimmt?«

Und wenn er in der Kartenwelt ist?

Dann ist er glücklich.

»Ja. Das glaub ich.«

Pax, wie er auf seinem Breitengrad über das Mittelmeer balanciert. Dabei überlegt er, ob die verschiedenen Blautöne verschiedene Tiefen oder verschiedene Verschmutzungsgrade darstellen. Wenn er bis zum nächsten Längengrad läuft, kann er abbiegen und in Richtung Legende marschieren. Das ist ziemlich weit, aber Pax hat Zeit.

»Ich glaub das ganz sicher, Lilli.«

Auf dem Deich steht die Infanta und winkt mit dem Rüssel. Nein, nicht ganz: Auf dem Deich steht Constanze mit der Infanta auf dem Arm und winkt.

Constanze lässt die Infanta fallen.

Constanze läuft durch die stille Baustelle zu uns an den Strand.

Constanze nimmt uns in den Arm, bevor wir richtig aus dem Wattretter aussteigen können.

## 32.

Zu Hause baden Lilli und ich zusammen, wie früher. Constanze macht das Wasser so warm, dass man vor Wasserdampf kaum etwas sieht.

Wir setzen uns aufs Sofa, Constanze, Lilli und ich. Constanze legt einen Arm um mich und einen um Lilli. Die Bagger strecken ihre Köpfe über den Deich. Vielleicht wollen sie sehen, wer wir sind, ohne Pax. Aber das wissen wir selber noch nicht.

Wir schauen den Baggern zu, wie sie uns die Sicht auf das Meer verbauen.

»Seeblick ist eh nur was für Festländer«, sagt Constanze, »brauchen wir nicht. Hauptsache, der Deich hält.«

Aber ich bin mir da nicht so sicher. Vielleicht ist es besser, wie eine Hallig zu leben: Einen Bereich festzulegen, der überschwemmt werden kann von Zeit zu Zeit. Solange man eine Warft hat, auf die man sich zurückziehen kann, geht das.

Man sieht das Meer.

Und man braucht keine Angst zu haben vor dem Deichbruch.

## 33.

Ich habe den toten Pax nicht mehr gezeichnet. Ich konnte mich nicht dazu überwinden und ich fühlte, dass ich das auch nicht musste. Stattdessen setzte ich mich auf den Deich, in Pax' Campingstuhl, um so wie er das Meer zu malen. Ich hatte lange nicht mehr mit Aquarellkreiden gearbeitet; das war immer Pax' Medium gewesen. So wie er es mir beigebracht hatte, legte ich mir einen Bleistift für die Vorzeichnungen und ein Radiergummi zum Verwischen bereit. Ich schaute auf das ungewöhnlich tiefblaue Meer, das sanft an die steinerne Ufereinfassung stieß. Es waren schon die kleinen Strudel zu sehen, die den Beginn des ablaufenden Wassers markierten. Mit dem Bleistift skizzierte ich Wellen, Rippel und Schaumkronen. Erst jetzt verstand ich, was Pax mit seinen Wasserbildern eigentlich gemacht hatte: Er dehnte einen Moment aus, der in Wirklichkeit nur einen Bruchteil einer Sekunde dauerte. Das Wasser war ständig in Bewegung; es blieb keine Sekunde so, wie ich es gerade noch skizziert hatte. Mein Bild konnte nur eine Zusammenfassung meiner ständig wechselnden Eindrücke der Wasseroberfläche sein.

Und während ich begann, meine Vorzeichnungen mit Farbe zu füllen, geriet mir plötzlich Pax auf das Papier; etwas, das eigentlich ein kleiner Wasserstrudel hatte werden sollen, entpuppte sich als Pax' rechtes Auge. Ich fand in meiner Skizze auch das linke Auge und die Nase, ich malte schnell, so schnell ich konnte, ich spürte, dass dieser Moment, in dem ich wirklich zu wissen glaubte, wie Pax gewesen war, so flüchtig sein würde wie die Erscheinung der Wasseroberfläche.

Dann war er da: der ganze Pax, mit seiner Pfeife, mit seinem gepressten Lächeln, wie er mich ansah, mit seinem verzweifelten, blinden, sehnsuchtsvollen Blick.

Jana Scheerer

Mein innerer Elvis

*Roman*

248 Seiten. Farbiges Metallic-Leinen mit Schriftprägung

ISBN 978-3-89561-351-7

Elvis lebt. Davon ist Antje, wie Tausende anderer Fans des King of Rock 'n' Roll, überzeugt. Und er will sie an ihrem sechzehnten Geburtstag treffen. Tatsächlich beschließt die Familie, den Sommerurlaub in Amerika zu verbringen. Es gibt nur ein Problem: Antje ist mit ihren Eltern und der kleinen Schwester Klara in der falschen Richtung unterwegs. Die Niagarafälle stehen auf dem Programm – dabei will Antje dringend nach Graceland! Dass Nelly, Antjes zunächst gar nicht geliebte »Freundin«, dabei ist, macht die Sache nicht besser. Doch ihr plötzliches Verschwinden eröffnet ungeahnte Möglichkeiten: Graceland scheint in greifbarer Nähe. Antje macht sich auf den Weg.

**Gewinner des LUCHS**

(Kinder- und Jugendliteraturpreis von DIE ZEIT/Radio Bremen)

**Nominiert für den**

**Kinder- und Jugendbuchpreis der Stadt Oldenburg 2011**

»Eine quietschbunte, lustige und lockere Geschichte über Musik und das Leben, die auch jenseits der Sechzehn herrlich amüsant und lesenswert ist.«
*Melissa Beyel, Deutschlandfunk*

»Scheerer baut wundervoll komische Situationen und erfindet schrullige Figuren, macht raffinierte Andeutungen und entwickelt geistreiche Dialoge (...).«
*Hartmut El Kurdi* DIE ZEIT

»Ein Roadtrip, der beinahe alles auf die Schippe nimmt, was ihm vor die Stoßstange kommt.«
*Westdeutsche Allgemeine Zeitung*

»*Mein innerer Elvis* von Jana Scheerer ist ein wunderbar witziges, tiefsinniges und sehr kluges Buch.«
*Gabi Eisenack, Nürnberger Zeitung*

»So überzeichnet und gleichzeitig so wahr wie in *Mein innerer Elvis* hat noch keiner das Erwachsenwerden beschrieben.«
*Esther Willbrandt, Radiobremen – Nordwestradio*

»Ich habe lange keinen so kuriosen, liebevollen, lustigen Familienroman gelesen. (...) Jana Scheerer tröstet einen mit dieser Geschichte nachhaltig über die Schrullen des eigenen Klans hinweg.«
*Antje Deistler,* WDR 2

»Ein großer Spaß.«
*Felix Bayer, Musikexpress*

Schöffling & Co.

Jana Scheerer

Mein Vater, sein Schwein und ich

*Roman*

148 Seiten. Gebunden.
ISBN 978-3-89561-350-0

Es ist ein abenteuerlich anmutender Lebenslauf in skurrilen Episoden, den Jana Scheerer in ihrem ersten Buch erzählt. Mit ihrer außergewöhnlichen Phantasie, dem abgründigen Humor und einem ganz eigenen, schrägen Ton stellt sie den Alltag einer Durchschnittsfamilie in Westberlin auf den Kopf. Hinter der häuslichen, kinderlieben Fassade bricht das Befremdliche hervor: Ein Mietschwein, befindet der Vater, solle die Familienharmonie fördern; das Modell der »Rentnerversorgung« führt zum teuflischen Plan, den unwillkommenen Pensionär im Familienurlaub auf Mallorca auszusetzen; der Vater engagiert seiner Tochter ein schlechtes Double für den gerade verflossenen Freund im Glauben, sie bemerke den Austausch nicht; ein Groschenroman-Autor verzweifelt, weil ihm die Krisen ausgehen. Und immer weiß die – nur scheinbar naive – Erzählerin in überraschenden Wendungen den Wirren ihrer Zeit charmant zu begegnen.

**Gewinner des Literaturpreises Prenzlauer Berg**

»Kein rosaroter Glückstreffer, sondern gekonnt.«
*Claudia Schülke, Frankfurter Allgemeine Zeitung*

»Schräg, witzig, intelligent und antiautoritär – ich empfehle *Mein Vater, sein Schwein und ich*.«
*Hajo Steinert, Focus*

»Das Geheimnis der Geschichten liegt in der kuriosen Leichtigkeit des Seins – ein wunderbares Büchlein.«
*Berliner Zeitung*

Schöffling & Co.

Maike Wetzel

Elly

*Roman*

152 Seiten. Gebunden. Lesebändchen

ISBN 978-3-89561-286-2

Elly ist weg. Eines Tages verschwindet die Elfjährige spurlos aus dem Leben ihrer Familie. Die Eltern und Ellys ältere Schwester bleiben zurück und versuchen trotz des Verlustes weiterzumachen. Doch die drei können nicht loslassen, Elly bleibt allgegenwärtig, in Gedanken, Taten und Schuldgefühlen. Jeder spielt den Tag, nach dem nichts mehr war wie zuvor, unablässig im Kopf durch. Die Suche nach Elly hört nicht auf, alle Beteiligten schaffen sich ihren eigenen Ersatz für das Verlorene.
*Elly* erzählt eine eindringliche und berührende Geschichte über den Sog von Trauer und Hoffnung – darüber, wie eine Familie durch das Verschwinden der Tochter jegliche Gewissheiten verliert. Maike Wetzels Roman besticht durch seine fesselnde Atmosphäre und sprachliche Brillanz. So entsteht das facettenreiche Bild einer Familie, deren Sehnsucht nach dem Verlorenen die Wirklichkeit verdrängt.

**Debüt des Jahres 2019 des Literaturwerks Rheinland-Pfalz-Saar e.V.**

»Psychologisch toll, sprachlich brillant.«
*Sylvia Schwab, HR 2 Kultur*

»Wie Maike Wetzel diese Urängste und deren Folgen vermittelt, fesselt und wühlt auf. Ihre lakonische, unaufgeregte Schreibweise steht im völligen Kontrast zum Innenleben ihrer Protagonistinnen und Protagonisten.«
*Michael Au, SWR 2 Lesenswert*